Metz, le 14/4/23

Pour Patrick,

mon voisin de table... Un grand merci ! J'espère que cette aventure sportive vous séduira...

Amicalement,

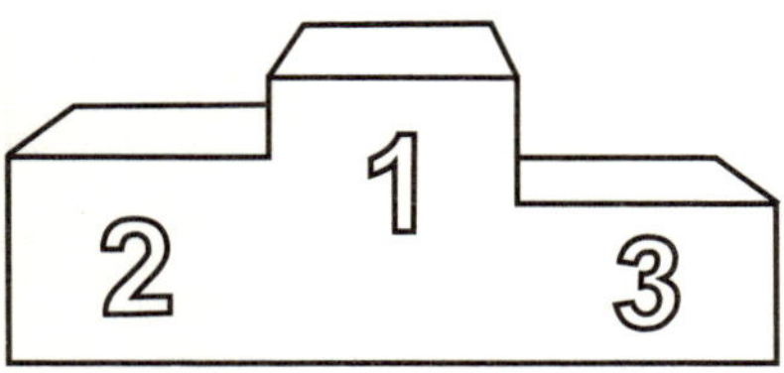

Publié avec le concours de Jean-Baptiste Gendarme.

Les Avrils
Groupe Delcourt
8, rue Léon-Jouhaux
75010 Paris
lesavrils@editions-delcourt.fr

www.lesavrils.fr

Le Cœur arrière

Arnaud Dudek

Les Avrils

À Arthur.

On ferme les yeux ; on écarte les bras ; on se laisse évaporer. Et alors, petit à petit, on s'élève.

Paul Auster, *Mr Vertigo*

I'm getting older
I think I'm aging well
I wish someone had told me
I'd be doing this by myself.

Billie Eilish, *Getting Older*

COURSE D'ÉLAN

1

Un père et son fils paraissent rue des Tourterelles, en provenance de la rue de la Cendrée. C'est un joli dimanche matin avec soleil brillant et vent frais, qui mériterait un vin blanc gras en bouche, un plaid en tartan et une chaise en résine tressée – mais un dimanche matin creux comme un bambou au bout du compte, parce qu'il n'y a ni plaid, ni vin, ni chaise à l'horizon. Le père et le fils viennent d'acheter, à la boulangerie située en face de la mercerie qui a fait faillite deux ans plus tôt et arbore un panneau *À louer* rouge, deux baguettes pâles et un chausson aux pommes. Même allure, même silhouette, même douceur dans le regard, même paire d'yeux verts aux longs cils. Regardez-les reboutonner leur manteau. Regardez-les ajuster écharpe et tour de cou. Regardez-les reprendre leur marche rapide. C'est le père qui porte les baguettes ; cheveux grisonnants aux tempes, visage émacié, une bonne vingtaine d'années d'excès en tous genres – vitesse, alcool et tristesse principalement. Le fils s'appelle Victor ; c'est lui qui s'occupe du chausson aux pommes. S'il ressemble beaucoup à son père, il a tout de même pris la fossette au menton d'une mère qui n'est plus dans les parages depuis un moment.

D'ordinaire, ils rentrent chez eux par le quartier des Cimes, la rue des Perdrix, la rue Anatole-France et l'allée des Mûriers, hop, numéro 15, clé, serrure. Aujourd'hui, le père choisit d'innover :

– Viens, dit-il au fils, on prend à droite.

La droite, c'est le parc de l'Arbre-Sec ; cela allonge un peu, cinq bonnes minutes, mais le chemin est nettement plus agréable. L'annonce de l'entorse à leurs habitudes laisse Victor indifférent. Même pas un mouvement d'épaules. Cette décision, anodine de prime abord, se révélera pourtant décisive avec le temps.

À côté du saule pleureur centenaire que l'on croit surgi d'un conte de fées et que, chaque année, la mairie menace d'abattre avant de faire machine arrière parce que la population s'émeut, s'offusque ou pétitionne, il y a un sac. De sport. Orange. Orné d'une virgule noire. Bandoulière réglable, anse rembourrée, contenance 50 litres. Son propriétaire trottine quelques pas derrière, dans le carré de sable fin réservé aux sportifs, longs cheveux blonds, bandana, lunettes noires, combinaison rouge, jaune et bleu à larges emmanchures. D'un mouvement fluide, le jeune athlète s'étire, s'approche du sac, prend une serviette, s'éponge le visage, sort une gourde, boit une longue gorgée de ce qui pourrait être une boisson énergétique qui améliore la capacité musculaire et l'endurance pendant l'effort. Il replie sa serviette avec soin, la range dans le sac, y glisse avec le même soin sa gourde et ses lunettes noires.

Puis il se plie en deux.

Littéralement.

Cette souplesse, cette facilité, ce regard : il ne s'agit pas d'un sportif du dimanche, se dit Victor. Cet homme égaré près du saule pleureur, c'est autre chose. Père et fils s'arrêtent pour le regarder courir, talons-fesses, talons-fesses, talons, faire dix fois le tour du grand carré de sable qui abrite habituellement des parties de football de septième division ou des concours de pétanque plus propices aux palabres qu'aux records, fesses-talons, fesses.

La durée d'entraînement joue-t-elle sur la performance ? se demande Victor en le suivant du regard. Dans seulement 1 % des cas, a conclu une étude que Victor n'a jamais lue, évidemment, puisque c'est encore un enfant, les chercheurs ont souligné qu'au plus haut niveau, outre les différences physiologiques influencées par les gènes, la personnalité, la confiance et l'expérience font la différence. Expérience, confiance, personnalité : l'athlète blond n'en manque pas, aucun doute là-dessus. Il doit multiplier les meetings, les exhibitions, les compétitions, il doit gagner sa vie en courant, en sautant, en lançant. Un champion. Un vrai.

Mon salaire ne suffit sûrement pas à payer ses chaussures fluorescentes, songe le père. Il doit avoir pas mal de médailles dans ses tiroirs, suppose le fils. Oublié le pain mou et le chausson aux pommes ; une lumière s'est glissée dans leur ombre, et tous deux s'en nourrissent.

Tiens, le jeune homme accélère, des foulées souples, élastiques. Son buste se bombe, sa course prend encore plus d'amplitude, ses genoux montent. Son pied droit griffe soudain le sol, et voici qu'il rejoint l'air, oui, voilà qu'il vole durant quelques fractions de seconde – avant de redresser son train d'atterrissage, puis de se réceptionner dans le bac à sable presque trop petit pour lui.

– Étrange, murmure le père en haussant les épaules.

Les sourcils de Victor, douze ans, 1,60 m et 43 kilos, se transforment quant à eux en accents circonflexes.

Plus tard, le père fait griller des steaks hachés dans une vieille poêle, met la table pour deux en veillant à aligner parfaitement couteaux et fourchettes, hop, une feuille de Sopalin en guise de serviette, c'est parfait, on se croirait dans un restaurant bistronomique. Victor, lui, se dit que cela doit être extraordinaire de courir, puis de s'élever ainsi. On doit se prendre pour le fils du vent.

2

Une lumière dorée tombe sur le plan d'eau de Tartagine, un bassin artificiel situé à l'extrême sud de la commune, en lisière de départementale. Sur un coin d'herbe grillée, trois gamins poussent des billes avec le pouce et l'index. Deux enfants dodus à la peau mate, bruyants et agités. Et puis un garçon longiligne, concentré, qui retient l'attention par son regard fiévreux de compétiteur. Victor ne cherche pas à gagner, ce n'est pas ce qui importe, il veut tout simplement faire mieux que la fois précédente, dans un défi continu avec lui-même.

Les billes les lassent ; ils décident de partir à l'aventure. Au milieu des arbres, entre un sac poubelle éventré – os de poulets, pots de yaourt, couches – et un pneu de mobylette, les garçons découvrent un vieux fauteuil rouge carmin : l'écrin parfait d'une partie d'Action ou Vérité, allez. Tour à tour, ils prennent place sur le trône. Tour à tour, ils choisissent : vérité ou action ?

Les frères Rojas préfèrent parler. L'aîné confesse ainsi son béguin pour la belle Allysson, et jure sur la tête de sa grand-mère tétraplégique qu'il l'a déjà embrassée – mais sans la langue, hein, avec c'est dégueulasse, et puis elle a des bagues, ce serait trop dangereux.

– Un bout de langue coincé là-dedans, beurk…

Le plus jeune avoue qu'il a déjà lu une revue porno chez son copain Lazare, cité des Nénuphars, une revue du père de Lazare, le vigile du Super U, ce pervers dont l'œil frise dès qu'une jolie femme pousse son Caddie devant lui, bref, dans la revue il y avait des choses vraiment bizarres, comme une bande de sauvages enragés autour d'une fille, qui se tenaient l'engin en souriant.

– C'était un truc de malade, les gars.

Victor, lui, enchaîne les actions, top dix tractions, top le poirier contre le chêne.

– Tu sais faire des pompes sur un bras ?

Oui, il sait faire. Il ne transpire même pas, s'émerveille l'aîné des Rojas.

– Tu pourrais pas choisir vérité de temps en temps ? ajoute-t-il aussitôt pour faire rougir Victor. On voudrait savoir si t'as déjà roulé des pelles.

Victor rougit.

– Vous êtes vraiment cons, souffle-t-il.

Il y a de nombreux moments de cette couleur dans l'enfance de Victor, des instants bleu pâle, vert pâle, des scènes tout à la fois vides et pleines, avec ses deux copains, des moments qui finissent par devenir transparents vers 19 heures, quand tout est dit, tout est fait ; Victor a tout gagné, tout est plié, les billes, le foot et le reste, alors c'est l'heure de prendre la douche, l'heure de mettre la table en soupirant, on se sépare d'une poignée de main molle, salut les gars, puis Victor retrouve le silence de la maison et de son père. C'est l'été malgré tout, la lumière dorée souhaite une bonne nuit aux moustiques et aux troènes, le sommeil chasse l'ennui, on rêve des montagnes que l'on veut gravir, des chemins qui feront quitter une commune de cinq mille huit cent cinquante-six habitants qui se compose de trois hameaux distincts, a été pillée par l'armée française de Louis XIV, s'est développée grâce à l'activité de l'industrie charbonnière, compte deux lignes de bus, et affiche un taux de chômage deux fois supérieur à la moyenne du pays. Qu'ils rêvent, Victor, les Rojas et les autres, parce qu'il n'y a rien de mieux à faire par ici. Rêver, ce n'est déjà pas si mal.

3

Un autre mois d'août, les premiers jours. Le père, toujours silencieux, referme son portefeuille et le glisse dans la poche arrière de son short en jean. Il n'y a plus de jambon, plus de pâtes, il n'y a plus de bières. Victor reste à la maison pour tenir compagnie au vieux canapé en tissu et à l'antique télévision. Il se sert un verre de cola. Trouve, sous l'évier, un paquet de faux Pépito entamé – chez les Valétudié, les gâteaux, les compotes, le soda, c'est plutôt l'itinéraire bis de l'alimentaire, King Choco, Rik & Rok, River Cola. Goûter parfait, se dit-il, même si le jus est tiède et les gâteaux un peu trop secs.

Petit zapping : rien sur la Une, que dalle sur la Deux, Hercule Poirot sur la Trois. Assis en tailleur face au détective belge, Victor met des miettes de King Choco partout. Après que Poirot a expliqué aux habitants du manoir les tenants et aboutissants d'une affaire particulièrement complexe, avec cousinades et flacon de bromure, Victor change de chaîne.

Tiens, il y a du sport sur la Cinq.

Un petit athlète cubain semble jouer à 1, 2, 3, Soleil ! 1,77 m pour 65 kilos, précise la voix aiguë du commentateur ; pas vraiment le gabarit qui brille habituellement au saut en longueur. Son principal adversaire n'est pas là, poursuit le journaliste : le recordman du monde s'est blessé à l'aine une semaine plus tôt. Voilà pourquoi le jeune Cubain doit forcément briller, sans concurrence, il doit remporter la compétition, l'écraser, même.

Victor s'assoit en tailleur, alors que le dossard 245 mime sa course d'élan, se fige, 1, 2, 3, Soleil ! Il reste, continue le journaliste, sur un somptueux bond de 8,71 m, à Salamanque, en Espagne, au début du mois. Victor se mord la pulpe de l'index tandis que le Cubain semble caresser la surface du sable dans lequel il s'apprête à atterrir. À quoi pense-t-il ? se demande le garçon. Il ne pense qu'à sa course, qui doit être la plus épurée possible. Il ne pense qu'à la plasticine du sautoir, qu'il ne devra pas mordre. Il ne pense qu'à ses pieds, qu'il devra jeter devant. Il ne pense qu'à l'air, qu'il devra épouser le plus longtemps possible. Il pense à tout à la fois.

Le dossard 245 s'élance. Victor se lève. Une course tendue, hurle le commentateur, une course rythmée, et un saut long, long, long. À treize ans, Victor ignore que l'athlétisme devient un marché aux esclaves moderne, que les stratégies sont économiques avant d'être sportives, que l'effort est le carburant d'une immense machine à produire du spectacle. Victor ne sait pas que le sauteur en longueur qui l'émerveille à l'écran est en guerre contre sa fédération à cause d'une histoire d'équipementier et de sponsor – il ira, plus tard, perché sur la plus haute marche du podium, jusqu'à s'enrouler dans un drapeau, aucune once de patriotisme, non, il cachera ainsi le logo d'une marque qui n'est pas celle qui lui permet de vivre dans une luxueuse propriété de douze millions de dollars avec gymnase privé. Victor a bien le temps de découvrir les bassesses du sport. Il ne voit, à cet instant, que l'infinie beauté d'un homme qui se prend pour un aigle – l'espace de quelques secondes, il quitte la terre, échappe à la gravité. Il ne voit que cette silhouette rouge sans défaut qui semble aspirée par le ciel, puis se pose aussi délicatement qu'une plume dans le sable du sautoir, sous les yeux et les objectifs de millions d'individus qui n'ont presque jamais quitté la terre. Les mains de Victor se sont posées devant sa bouche. Ses yeux brûlent ; il les fronce comme s'il était placé en pleine lumière, ses grands cils vibrant continuellement. Sur ses rétines est encore imprimé le saut parfait de l'athlète cubain.

Certaines rencontres sont des coups de volant donnés par le hasard, elles font changer de voie brusquement, on roulait tranquillement vers une vie d'employé de mairie ou de contrôleur des impôts, 1,8 enfant, maison mitoyenne traversante est-ouest en lotissement avec cuisine attenante à la salle à manger, l'été on aurait goûté à l'authenticité de Sisteron ou bien on se serait ressourcés à La Baule, mais non, un écart, un autre chemin, une direction nouvelle, un vent nouveau, tant pis pour la voiture plantée dans le décor – on continuera à pied, voilà tout. Il y avait eu le blond volant du parc de l'Arbre-Sec : déjà les rêves de Victor avaient gagné en intensité, déjà le garçon s'était interrogé sur les vices et les vertus de la ligne droite. Cette deuxième rencontre, la chose la plus stupéfiante qu'il ait jamais vue, le décide à ne plus tricoter de lendemains certains, à jeter laine et aiguilles. Reproduire cette réalité divine, en devenir le reflet, voilà son nouveau but.

4

Cela jaillit comme du soda gazeux d'une bouteille qu'on aurait secouée vigoureusement : sans prendre le temps et le souffle de ponctuer sa phrase, Victor lance un beau jour à son père qu'il veut s'inscrire au club d'athlétisme du chef-lieu de département, à 15 kilomètres de chez eux. Pour lancer, pour courir, mais aussi, mais surtout, pour sauter, c'est hyper méga bien, le saut en longueur.

– Dis, papa, t'es d'accord ? demande-t-il, un peu anxieux, en triturant une mèche de cheveux.

Le père hausse les épaules, grimace. Lui qui n'a jamais ressenti le besoin de mener un projet à bien, de se remplir, de s'accomplir, lui qui trime à l'usine sans se poser de questions depuis qu'il a quinze ans, lui qui ne veut rien, n'envie personne, ne poursuit sa carrière d'être humain que parce qu'il a une bouche à nourrir, un enfant à faire pousser à peu près droit, le tout sans abuser d'engrais parce que les fins de mois sont difficiles à partir du dixième jour, cet homme veut d'abord balayer la phrase, choisir le silence, attendre que ça passe.

– Non, il répond.

Mais, après un temps :

– D'accord. Si tu veux.

Victor est surpris de la réaction du père. Qui aurait pu rester sur sa première impulsion – on n'a pas d'argent – ou lui décocher une flèche acide – et moi, j'ai envie de m'acheter un cheval.

– Tu es sûr ? demande Victor. Certain ?

Il est sûr. Certain.

Alors le fils se jette sur son père, lui entoure les hanches de ses bras. La chemise grise sent la friture, la transpiration, le renoncement aussi, un peu, elle aurait raison de bien des narines, cette chemise, mais Victor s'en fiche : ce jour-là, elle sent bon. Et lui, il flotte au-dessus du monde.

Ce qu'ils font ensuite, c'est qu'ils prennent vers l'est sur la D13, traversent deux villages endormis et le bassin des Hivernaux où travaille le père, puis entrent dans la grande ville, le chef-lieu, quatre-vingt-quinze mille habitants, un territoire où ils ne connaissent rien ni personne – leur western à eux. Ils se garent sur un parking gratuit et suivent les flèches jusqu'à l'hôtel de ville, situé sur une grande place pavée. La partie la plus complexe de leur épopée, à la mairie, c'est de comprendre les indications du vigile, le grand couloir, la pièce 29, l'ascenseur juste à côté, le patio, ensuite deux fois à gauche, jusqu'au bureau des associations.

Là, il faut attendre, un peu. Que le numéro 29 s'affiche, ce qui ne devrait pas être long, ils sont les seuls à scruter le panneau digital. Mais 27, 27, 27, ça dure, quelque chose doit bloquer, la personne précédente a probablement oublié son chéquier, sa pièce d'identité, ou bien elle hésite, tennis de table ou yoga, belote ou karaté. Personne ne sort, pourtant le compteur passe à 28. Clignote. S'arrête. 29.

Monsieur Valétudié ouvre la porte en verre, fait pénétrer Victor, qui s'assoit aussitôt sur la chaise en plastique verte. Personne dans le bureau. Un temps passe, durant lequel Victor se laisse happer par la photo d'une famille parfaite posée sur la table, quatre blonds en short et derrière eux une montagne, ou bien un volcan éteint. Le père ressent l'envie de fumer une cigarette. Le fils finit par quitter du regard le cliché.

– Que puis-je faire pour vous, messieurs ?

Aujourd'hui, la blonde de la photo a troqué son short contre une robe en lin ocre. Sur sa joue gauche, un bouton disgracieux. Le père parle, Victor rougit. La blonde tape sur son ordinateur, très bien, première licence, athlétisme, elle recopie des chiffres, la date de naissance de l'enfant.

– Tiens, c'est drôle, dit-elle en passant une main dans ses cheveux, tu es né le même jour que mon neveu.

L'inscription prend sept minutes, et ampute le budget nourriture de quatre-vingt-huit euros parce que le père n'est pas demandeur d'emploi, juste un salarié précaire, et pour la gratuité de la licence ça ne compte pas, c'est écrit en tout petit, juste là.

– C'est cher, dit doucement Victor après qu'ils sont sortis de l'hôtel de ville.

Il shoote dans un caillou. Il est gêné, mal à l'aise, il sait que chaque centime compte.

– Pas grave, répond le père, j'avais mis des sous de côté le mois dernier.

Il ment, évidemment.

Si je vous dis athlétisme, vous allez me répondre 100 mètres, la discipline reine. Vous connaissez peut-être quelques championnes, quelques champions. Vous avez déjà entendu parler des couloirs, des faux départs, des starting-blocks. Vous ignorez peut-être que c'est le sprinter italien Lamont Marcell Jacobs qui a remporté la finale des Jeux olympiques de Tokyo, s'offrant au passage le record d'Europe, et devenant le premier Européen champion olympique du sprint court depuis Linford Christie en 1992, mais c'est un détail. Je ne suis pas sûr, en revanche, que vous ayez déjà entendu parler du triple saut.

Le « triple » mérite sans doute une place sur le podium de l'étrange, en compagnie du saut à la perche et du lancer du marteau. D'origine irlandaise, il se pratiquait, selon la légende, lors de fêtes folkloriques. Il se composait à l'origine de deux cloche-pied puis d'un saut, effectué sans élan. Désormais, l'exercice comporte deux phases, la course d'élan puis trois bonds – un cloche-pied, une foulée bondissante, un saut en longueur.

Pour aller le plus loin possible, il faut réaliser les trois parties du saut sans rupture afin d'utiliser au mieux l'énergie du sprint – mais également d'éviter les blessures. Pour aller le plus loin possible, on ne doit pas s'écraser sur les reprises d'appui après le cloche-pied et la foulée bondissante. Pour aller le plus loin possible, on conserve au maximum sa vitesse initiale. Je vous l'assure, c'est tout sauf simple.

5

Ils jouent au mikado par terre, dans le couloir de l'entrée. Assis en tailleur, Victor observe son père, qui se tord dans tous les sens, approche l'index d'une baguette zébrée de jaune, renonce, caresse sa barbe de trois jours, humecte ses lèvres gercées, approche ses doigts d'une autre baguette, renonce encore. Il décide alors de le laisser gagner. Sa récompense.

– T'as vu ça, Victor ? J'étais mal parti, pourtant !

Le regard qu'il lui lance est celui d'un enfant victorieux.

– Bon, je vais m'en griller une.

Le père se relève.

– Où sont mes cigarettes ? Rha, j'en ai plus…

Victor le suit dehors. Ils sortent par la double fenêtre en PVC du salon, qui n'isole plus du froid et qu'il faudrait changer. Les voilà à présent sur la terrasse, dont les dalles sont envahies par la mousse. Ils jettent un coup d'œil au ciel : il fait beau. Quand Victor était petit, son père lui avait raconté que les cadenas qu'il fabriquait, on les posait dans le ciel, pour que les nuages restent un peu. Victor y croyait. Puis il a cessé de le croire.

Le père a mauvaise mine en ce moment. Des cernes bleus ternissent son visage émacié. Ses ongles sont striés, les doigts marbrés de crevasses. Il a perdu du poids, nage dans son vieux pull camionneur bleu électrique et son treillis cargo. Il travaille dur, ne ménage jamais ses efforts. Ce qu'il récolte : des ennuis, des embrouilles, un contremaître qui l'a pris en grippe, une voiture sans essuie-glaces, des factures, des imprévus, l'achat d'un nouveau vélo qu'il faut sans cesse remettre à plus tard.

– Bon… Je vais aller bosser…

L'usine. Affronter un jour de plus ce contremaître qui, sans décroiser les bras, le traitera d'abruti ou de fainéant ou d'abruti fainéant. Affronter, un jour de plus, le bois, les clous, le carnet de commandes. Pas de cadenas, non, pas de nuages, juste des machines dans un hangar. Le père est mal fichu. Sa bouche est sèche. Il a envie d'une bière. Une bière, ça le calmerait un peu. Mais ce ne serait pas sérieux.

– Tu ouvres à personne, hein ?

Victor pousse un grognement.

– Et tu fais tes devoirs…

Il doit lutter avec chaque mot pour arriver au bout de ses phrases. C'est comme si des mains l'étranglaient. Son haleine est chargée d'une odeur de vinaigre, elle flotte jusqu'à Victor, qui plisse le nez.

– Bon courage, p'pa.

– Merci, fils.

6

Pour commencer, les enfants travaillent les trois épreuves de base de l'athlétisme : vitesse, lancer de vortex – un ballon-javelot qu'on tient en porte-plume ou du bout des doigts –, et saut en longueur. Ce triathlon du débutant permet de découvrir, d'essayer, de tester, avant de se spécialiser.

Au centre omnisports, chaque activité a son entraîneur. Et, très vite, ses leaders. Plutôt performant en vitesse, assez bon en lancer, Victor s'illustre en saut. Il n'est pas encore un monomoteur de cinq cents chevaux, pas encore un avion aux ailes immenses ; mais il montre de réelles prédispositions. Sur le sautoir, il a déjà fière allure, posé-décollé, il mord, il repart, distance, intervalle, course d'élan, câble mental tendu sur la piste, il rate le premier essai mais réussit le deuxième, filant à pleine vitesse il décolle, met le cap sur le Pacifique, survole plusieurs heures les flots avant d'atterrir sur le sable.

– Vraiment pas mal, lui glisse l'entraîneur des sauts à la fin de la séance, après lui avoir donné un léger coup de poing dans l'épaule pour le féliciter.

Quand Victor quitte le stade, la nuit tombe déjà. Tout son corps chauffe, tout son corps brûle. Mais il veut aller plus vite que les brûlures. Quand il arrive à la maison, il court, court encore.

7

Les Kid'Athlé : quatre-vingt-neuf jeunes sportifs issus des sections athlétisme de plusieurs clubs, des compétitions sur tout un week-end, des jeux gonflables pour les plus petits, et même une tombola. Répartis en trois poules, les participants s'affrontent sous les applaudissements de leurs parents, pour marquer des points, faire gagner leur équipe. L'enjeu : des places pour le parc de loisirs qui sponsorise la manifestation.

Victor, équipe rouge, finit deuxième du 60 mètres. Après quelques frayeurs et deux essais mordus, il remporte ensuite de justesse le concours de saut en longueur. Malheureusement, ses exploits ne sont pas suffisants. Plombés par une chute de témoin lors du relais, puis par un naufrage collectif au 800 mètres, les rouges finissent bons derniers.

Fin de journée morose. Victor remercie du bout des lèvres l'adjointe au maire qui lui tend son sachet de friandises. L'échec glisse sur la peau de ses camarades rouges, qui dansent, s'amusent, improvisent un foot sur la piste d'athlétisme avec quelques adultes grisés par les généreux verres de crémant que leur ont servis les bénévoles de l'association Entraide 54 ; Victor, lui, se réfugie dans les toilettes. Donne un coup de pied dans la poubelle. Pleure de rage.

– Ben t'étais passé où ? demande le père, qui porte son seul polo sans trous pour l'occasion.

Ils sont dehors, un peu à l'écart, sous un lampadaire.

– Nulle part, marmonne Victor.

Le père lui tend une serviette. Le fils se mouche dedans.

– Ils étaient nuls.

– Et toi, tu t'es trouvé comment ?

Victor hausse les épaules.

– J'étais pas mal. Mais je pouvais mieux. Faut que je m'entraîne plus.

Dès le mercredi suivant, il redouble d'efforts.

Il s'entraîne partout, même dans la neige, il saute, le matin de Noël, il improvise des courses d'élan dans l'allée de garage. Il découvre la transe. Un tourbillon vertigineux, une pente raide qu'il dévale les yeux bandés, les mains en l'air et les chairs vrillées. Il découvre ces minutes qui se figent ou se répètent tandis que le temps n'est plus, capturé par les envoûtements d'un effort douloureux qui ressemble à une extase. C'est merveilleux de courir, c'est merveilleux de sauter parce que c'est impensable. Et il le devine déjà, c'est ça et rien d'autre, ce sera toute sa vie.

Elle s'appelle Danuta – c'est un prénom d'origine polonaise. Elle est née en 1999, à Marseille. Elle ressemble à Jennifer Lawrence. C'est une spécialiste d'une autre discipline de l'athlétisme, le javelot. Je l'ai rencontrée sur Instagram, puis on a discuté sur FaceTime. Quand je lui ai demandé comment tout avait commencé pour elle, la médaille de bronze aux championnats d'Europe espoirs de Tallinn, elle m'a répondu :

– Grâce au facteur.

– Pardon ?

– C'est le facteur qui m'a repérée. Il était entraîneur au sein du club de ma ville. Il m'a vue courir, et il s'est dit que j'avais des prédispositions. J'avais sept ans.

– Le javelot, c'est arrivé plus tard ?

– Bien plus tard, a répondu Danuta. J'ai commencé par aimer la compétition. Battre les autres, être la meilleure… L'amour de ma spécialité, ça, c'est venu bien après.

8

Victor regarde l'entraîneur mimer une course, puis un ricochet, tout en plissant les yeux comme si une lumière aveuglante venait de s'allumer face à lui.

– Ne pas monter trop haut, OK ? insiste-t-il en dessinant une vague avec le bras.

Gilles Dubus a les cheveux bien peignés et brillants. Il porte un collier en cuir marron tressé, souvenir ramené d'un de ses nombreux voyages à Madagascar. Dubus fut un jeune athlète prometteur, gagna quelques titres, se blessa gravement : craquement, douleur vive, diagnostic posé rapidement, rupture complète du ligament croisé antérieur accompagnée d'une lésion du ménisque. Deux opérations. Huit mois d'absence. Des performances ternes à la reprise. Un peu plus d'un an après la première blessure, il se déchira le ligament croisé antérieur pour la seconde fois de sa carrière. Genou de nouveau en miettes, énormes doutes sur la suite de sa carrière, rééducation interminable, tests de performance peu concluants, dépression – fin de l'histoire. Il entraîne désormais des gamins dans une ville de grande périphérie, a du cholestérol, des poches sous les yeux. Et pressent, là, aujourd'hui, que ce grand échalas à fossettes, ce garçon très timide mais totalement investi, ce gamin qui n'a pas une vie facile – sa mère a disparu du jour au lendemain, dit-on –, oui, que ce silencieux compétiteur qui fait tous les exercices avec ferveur et en redemande – vingt pompes quand on lui en impose dix, un tour de stade en plus, allez –, que ce Victor Valétudié présente un potentiel énorme, et que le club est déjà trop étroit pour lui.

Un jour, Gilles demande à Victor de rester un peu après l'entraînement. Il retrousse les manches de son survêtement, s'adosse au mur, puis commence :

– Quand j'avais ton âge, dit-il, j'ai essayé le triple saut. Mais j'ai coincé. C'est exigeant comme discipline. Moi, j'étais trop jeune, pas hyper sérieux... Bref. Il y a des exceptions, bien sûr, mais très peu d'athlètes peuvent le faire à ton âge. Il faut une certaine maturité.

Un silence.

– Toi, c'est différent, poursuit-il. Tu es en train de développer ton propre style. Tu as de la technique, de la finesse. Toi, tu as ce truc en plus, tu as...

Gilles Dubus s'arrête à nouveau, ses yeux gris détaillent Victor comme s'ils venaient de découvrir quelque chose d'inattendu.

– Toi, lâche enfin l'entraîneur, tu as l'équilibre. Demain...

Victor ne sait pas exactement ce que cela veut dire, même s'il sent que c'est important. Que se passera-t-il demain, au juste ?

– Demain, on continue. Plus vite. Plus fort. OK pour toi ? On va peut-être tomber… Mais c'est mieux que reculer, non ?

9

Les semaines suivantes, hors du stade, la vie est assez lente. Le père mange peu, boit beaucoup. En matière de silence, il n'y a pas de juste milieu, soit c'est l'or soit c'est le toc. Ses silences à lui sonnent drôlement creux.

Au collège, Victor apprend les nombres rationnels, la transmission du patrimoine génétique, la bonne utilisation de *for* et de *since*. Il a quatorze de moyenne, s'en sort discrètement et sans effort, alors que Cyril Rojas, par exemple, chahute au fond de la classe et collectionne les notes sous la moyenne. Victor tombe amoureux presque chaque semaine, de filles qu'il pourrait séduire en leur faisant tâter ses muscles, mais à qui il n'ose pas adresser la parole.

Il n'y a qu'au centre omnisports que Victor prend vie et s'éclaire. L'air est plus léger, plus profond, moins humide. Il s'entraîne après les cours, de plus en plus et de mieux en mieux. Il éprouve tant de plaisir à dépenser son énergie sur la piste, se consume avec une sorte d'ardeur appliquée, devient l'un de ces glorieux garçons qui réussissent la majeure partie de ce qu'ils font. Quand il court, quand il saute, il n'y a plus de timidité, il n'y a plus de tumulte. En courant, en sautant, c'est comme s'il réussissait à descendre au plus profond de lui. Et commençait à découvrir qui il est.

10

Ce soir, le père siffle quelques verres de vin blanc sous un soleil mourant d'automne. Le fils tourne les pages d'une biographie de Carl Lewis trouvée dans la boîte à livres de la commune, en face de l'ancienne poste. On pourrait presque croire que la douceur habite leurs pensées, et qu'en plus elle paie le loyer. Mais le téléphone sonne deux fois.

La première, le père ne répond pas ; il rit de bon cœur en disant qu'il rappellera plus tard – pourquoi rit-il, se demande Victor, il n'y a rien de drôle dans cette scène, rien de drôle du tout.

La seconde, le père se lève enfin, manque trébucher dans ses chaussons troués, rentre dans la maison par la double fenêtre, décroche, paraît écouter sérieusement l'individu qui lui parle sérieusement. Quand il revient, il est maussade. Il se sert de son verre pour se gratter l'oreille. Il a les paupières ouvertes, mais les yeux fermés. Il voit, mais il ne voit plus. Son corps ne sent rien. Il devrait s'en aller, marcher longtemps et loin, vers la forêt, vers les perdrix, se frictionner longtemps de paysage. Mais il se contente de cracher par terre, et de souffler, sans regarder Victor.

– C'était, dit-il, ta mère.

Sa mère. Elle lui racontait parfois son enfance dans une ferme des Landes. Il régnait dans cette maison comme dans la campagne environnante, affirmait-elle, une même atmosphère lugubre, faite de malheurs et de malédictions, mais qui ne manquait pas d'un certain cachet, à son épouvantable manière. Elle s'attardait alors sur une légende en particulier, en en soulignant la dramaturgie par de longues pauses, sourcils froncés : celle du lac sans fond de la Rosière, et de toutes les jeunes filles qui y avaient été englouties ; ou celle de la maison des Genêts, hantée par cet homme pendu sans preuve à cause d'un vol de mouton.

Jamais Victor n'a vu cette ferme, ce lac, cette maison. Il s'est contenté de les imaginer en frissonnant. En a fait, un jour, le théâtre d'une rédaction de fin de sixième – l'année où sa mère est réapparue, après soixante mois de silence.

Victor aurait bien voulu jouer au foot ou à la guerre dans le jardin de ses grands-parents maternels. Caresser les fleurs, plonger son nez dans leurs pétales et respirer tous les parfums, se remplir de pollen, celui qui tache les vêtements, celui orange des lys tigrés, celui invisible des roses, des tulipes, des marguerites. Il aurait voulu s'endormir sous le tilleul de Hongrie, que la moindre brise pare d'argent lorsqu'elle agite ses feuilles. Il aurait aimé se construire un refuge, juste là.

Mais ses parents ont cessé de fréquenter ses grands-parents maternels quelques mois avant leur mariage. Et puis son père n'a pas cherché à se rapprocher de ses beaux-parents lorsque sa femme a claqué la porte. Aux côtés de Victor, il n'y a ni grands-parents, ni cousins, il n'y a que le père, les dettes qu'il a contractées, la maison de poupée qu'il loue trop cher, de la vaisselle sale dans l'évier et des habits par terre dans les chambres, la terrasse est couverte de mousse, le PVC des fenêtres est abîmé, le jardinet ne sait faire pousser que de mauvaises herbes et des bouteilles vides de vin blanc. Il n'y a que le père, et, de temps à autre, cette mère sur courant alternatif, qui revient, repart. Qui rappelle. Insiste. Appelle encore. Jusqu'à ce qu'on cède.

– Ta mère veut te voir.

Il faut croire que même le déséquilibre peut se déséquilibrer.

11

Elle porte une longue jupe et un gilet de laine gris perle. Peau terne, cheveux roux aux reflets jaunâtres. Voix aussi fluette qu'autoritaire. Victor marche vers elle à reculons.

Elle lui demande s'il n'a pas remarqué quelque chose de nouveau. Elle a changé de coiffure depuis la dernière fois, arbore désormais un carré long plongeant. Elle aimerait sans doute qu'il lance des onomatopées enthousiastes, un waouh, ou bien ce *waku waku* qui fleurit dans les mangas préférés de Victor ; il se contente d'un bref haussement d'épaules.

– Toi tu as grandi, ose cette femme qui n'a pas vu son fils depuis vingt-trois mois et sept jours.

Elle a opté pour l'un des cafés tristes de la place de l'Hôtel-de-Ville. Pour la table, au début, elle a fait choisir son fils, qui, après avoir soupiré, s'est dirigé vers un coin ombragé – ben non, a fait la mère, on sera quand même mieux au soleil. Autour d'eux, ça commente les actes de malveillance de la veille, une vitre située au rez-de-chaussée de la mairie a été brisée au cours de la nuit de mardi à mercredi, deux scooters du service courrier ont été incendiés, ce sont deux employées municipales qui ont prévenu les secours en apercevant une épaisse fumée noire. Les pompiers sont intervenus vers 6 heures du matin, lorsqu'ils sont arrivés sur place, les vandales avaient déjà mis les voiles. Selon la table de derrière, et la voix douce d'un barbu en chemisette rose, le service courrier a été ravagé.

Tandis que Victor mémorise des détails sur l'incendie, la mère explique qu'elle a été très occupée, ces derniers temps.

– Tu re-re-déménages ? demande Victor sans vraiment attendre de réponse.

La mère sourit puis fait signe que non, elle ne re-re-déménage pas. Il est temps qu'elle se pose. Se fasse des amis. Vive en citoyenne respectable. Elle espère réussir dans son nouveau boulot d'agente immobilière. Elle est en bas de l'échelle, elle apprend, espère bientôt assimiler toutes les combines, tirer toutes les ficelles ; ensuite il y aura d'autres opportunités, c'est certain : responsable location et gestion immobilière, bientôt cheffe d'équipe, et elle sera la « boss » – elle mime des guillemets avec les doigts, sourit.

– Regarde, dit-elle en tapotant son menton, j'ai mis du rouge à lèvres.

D'après le barbu à chemisette, qui semble être un proche du maire, plusieurs tags ont été inscrits sur les murs du service documentation : *Vendu*, *Salaud*, ou encore *À mort Stéphan*, en référence à Pierre Stéphan, le premier adjoint. Le jeune homme qui accompagne le barbu, crâne rasé, sweat à capuche, roule une cigarette. Il paraît assez peu surpris par ce qu'il entend. Il pense sans doute, lui aussi, que Stéphan est un salaud. Victor n'a évidemment pas d'opinion sur le sujet. Il sirote sa menthe à l'eau pendant que sa mère explique comment elle compte devenir une agente immobilière extraordinaire, parle de cette cliente chiante et pointilleuse qui se targue de mieux connaître le marché qu'elle, décrit la robe à col roulé qu'elle vient de s'offrir, et le barbu pense tout haut que le service documentation mériterait un audit, c'est pas joli-joli là-bas, y a de drôles d'histoires, des pas mûres et des vertes, et les voix se mélangent, sa mère a incendié les scooters, le barbu a essayé un pull en cachemire mais l'a reposé, hein, même soldé il était trop cher. Mais il court, Victor, prend son élan, ne pense à rien d'autre qu'à la planche d'appel, s'allonge, et son saut mental le conduit loin des cafés tristes de la place de l'Hôtel-de-Ville.

12

Avec l'hiver, dans le jardin, la terre et les bouteilles vides se recouvrent d'une couche de neige dure. Certains jours sont sans brouillard, onctueux, doux. D'autres sont sans lumière.

Quant à l'entraînement, il a lieu en salle. Musculation, sueur ; l'effort est livré sans aucune notice, le manque de sens exaspère, on aimerait tant ranger l'hiver dans un grand sac de sport, mais il faut en passer par là, préparer les corps, en attendant les bourgeons.

Victor est dépourvu d'entrain, lui aussi. Il ignore le soleil qui se lève. Tourne le dos aux livres à finir et aux foulées à accomplir. Son quotidien est un grondement d'orage mou. Parce qu'elle lui a dit, sa mère, je vais te reprendre, te voler à ton alcoolique de père, puis elle a dit, m'occuper de toi, tu sais j'ai bien mieux à faire, mon patron va me confier la zone d'Entras, tu te rends compte ? Elle a dit, de l'amour, je vais t'en donner, puis elle a dit, l'amour, je ne sais pas ce que c'est. Elle a dit, viens contre moi, puis, je m'en vais, je t'ai assez vu.

Elle est devenue blonde. Elle est redevenue serveuse. Elle a cent ans, puis elle en a quinze. Il y a un homme dans sa vie, parfois deux. Parfois Victor voudrait la biffer, la rayer, parfois il ferait tout pour l'aider. Envers elle, il a tant de colère. Pas étonnant que ça tourne en zigzag, dans son esprit. Pas étonnant qu'il ne donne pas tout sur le sautoir.

Un jour de neige, en milieu d'après-midi, l'entraîneur lui pose quelques questions personnelles. Le garçon a peur de raconter des sottises, il répond à peine.

– Tout va bien, donc ?

Victor acquiesce, elliptique, sans avouer que, la veille, au téléphone, sa mère lui a annoncé que son nouveau CV indiquait : *Célibataire / Sans enfant.*

Le soir, assis en tailleur sur le canapé, pendant que sa femme essaie en cuisine de faire entrer une poésie de Jacques Prévert dans le crâne de la plus jeune de leurs filles, Gilles Dubus songe qu'il faut le sauver, ce petit. De son quotidien blafard. Du centre omnisports qui prend l'eau de toute part. De lui-même. Alors il s'empare de son téléphone portable et s'arrête sur le numéro d'un de ses vieux camarades.

– J'ai une perle chez moi, annonce-t-il, solennel. Il faudrait que tu le voies, que tu le rencontres.

Dubus donne des chiffres, mentionne des performances.

– Il est meilleur que Bozon, à son âge, ajoute-t-il. Meilleur que Fuchs.

– Fuchs ? siffle l'autre, ah oui, quand même.

Gilles pianote sur sa table basse, accentue chaque syllabe.

– D'accord, finit par céder l'autre, je veux bien la rencontrer, ta perle.

Je finis ma quatrième canette de Coca. Il est midi, j'ai mérité une pause Instagram. Danuta vient de publier une vidéo *on stage* où elle enchaîne des lancers de javelot ratés sur fond d'hyperpop. Je lui demande comment elle va. Elle vient de passer deux heures avec une classe de quatrième. *C'était comment* ? je lui demande. Elle répond par un emoji « sourire à l'envers ».

Quelques minutes plus tard, elle complète. Une élève lui a demandé si elle était stressée en compétition. Elle lui a répondu que si elle n'était pas stressée, elle pouvait être mauvaise. En régionale, le mois dernier, elle s'est retrouvée dans une équipe de France où il y avait *trop d'amour. Des gens avec qui j'ai fait des sélections quand j'avais quatorze ans. On était dans des conditions optimales, sauf que moi, j'ai besoin que ce soit la merde pour être performante… Je sais, ce n'est pas normal. Mais il me faut du stress pour faire monter le jus.*

13

Le jour se lève pour de bon. Les élèves marchent lentement, sans parler. L'entraîneur finit par leur dire de s'arrêter. Il sort un carnet de la poche intérieure de sa veste de survêtement. Il commence à lire :

– Objectif : vérifier, en actes, l'acquisition des procédures permettant d'obtenir le profil de triple sauteur. But : réaliser 2 concours distincts de 3 essais. Le concours 1 vise à noter la performance. Le concours 2 vise à noter la maîtrise d'exécution. Notation : un barème détaillé permettra d'obtenir la note de performance. La note de maîtrise d'exécution sera obtenue en comparant la portée du premier et du second bond…

– J'y comprends rien, souffle l'un des élèves, il peut pas traduire en français ?

Ça commence à ricaner, alors Gilles retire ses lunettes et impose le silence du plat de la main. Les jeunes corps se dandinent, tête baissée. Victor, lui, semble crispé, il se mord la pulpe des pouces.

– T'es avec nous, Victor ?

Tous les regards se tournent vers lui. Sa réponse est un murmure. Son angoisse couvre le chant des oiseaux.

Léger vent de face. Premier essai mordu. Victor halète. Réussit à se calmer. Le deuxième saut est bien meilleur.

– Ça passe ? demande Victor après son triple, Victor qui se détend soudain, comme libéré d'un poids.

– Ça passe, répond Gilles, qui ne trouve rien d'autre à dire, adresse un sourire de conspirateur qui fait rougir le garçon.

Plus loin, bien plus loin que moi à son âge, songe l'entraîneur. Toutes ces clés qu'il a en main, le gamin, il a intérêt à s'en servir, à ne pas rebrousser chemin devant les portes.

Des jolis sauts, il y en aura d'autres. Des bonds presque parfaits, réalisés sous le regard attentif d'un homme en costume qui prend des notes dans un cahier d'écolier à couverture ocre, un homme que Victor n'a jamais vu et que Dubus n'a pas pris la peine de présenter, un homme qui finit par s'éclipser après avoir glissé quelques mots à l'oreille de l'entraîneur et levé son pouce vers le ciel.

14

Dubus est venu très tard, Victor était déjà couché. Ils se sont installés à la cuisine. Le père a fait de la place, rangé le paquet de chips format familial à moitié vide, le saucisson sec, la bouteille de ketchup, essuyé la table à l'aide d'une éponge fatiguée. Il a dit :

– Asseyez-vous.

Il a proposé un verre de vin blanc, du soda.

– J'ai que ça, désolé, a-t-il précisé, ou sinon il y a l'eau du robinet.

L'autre a répondu :

– Rien, merci.

Le père a servi un seul verre de vin. Il a adressé à son hôte un sourire qui se voulait jovial mais qui, léger écartement de la commissure droite des lèvres, est apparu passablement stupide.

– Bon, a fait le père après un silence, vous voulez qu'on parle de Victor ?

Ils ont parlé, parlé, parlé.

– Un talent pur, a dit Gilles Dubus. Une énigme génétique, sans vouloir vous froisser. Un diamant brut à polir…

Il a essayé de s'exprimer le plus clairement possible. Il a expliqué qu'il faudrait rapidement trouver un nouveau foyer capable de concentrer les rayons de son talent solaire, de les dompter, de les magnifier.

Le père a allumé une cigarette. Dehors la nuit était triste. Dedans le père s'est senti triste, lui aussi, comme un vieux clou rouillé égaré dans un mur qu'on s'apprête à repeindre.

Il a vidé son verre de vin cul sec. Sa main droite s'est posée sur son sourcil gauche, elle l'a caressé, lentement. Puis il a dit à Dubus, en baissant les yeux :

– Dites-moi ce qu'il faut faire.

15

Père et fils commencent par marcher au hasard, au centre de la grande ville, très lentement et sans parler, à travers le quartier Saint-Georges.

– On pourrait se prendre une glace, finit par lâcher le père.

Victor hoche la tête en indiquant du majeur – depuis qu'il a trois, quatre ans, il montre avec ce doigt, le père a beau lui répéter que c'est impoli, que cela ne se fait pas, que le doigt qui désigne est l'index, oui, celui-là, Victor n'y arrive pas, c'est plus fort que lui – la prochaine rue à gauche.

– Elle m'a déjà emmené là, ajoute Victor, qui n'a pas besoin de préciser de qui il parle.

Ils tombent sur un vieux chariot à glaces, derrière lequel une petite silhouette ombreuse, robe rose trop grande derrière le tablier blanc, s'évente avec un disque de vinyle. Le père a juste assez de monnaie pour deux boules dans un cornet ; ils partagent un duo vanille-fraise.

Ils se remettent en marche vers le lycée Victor-Hugo ; c'est en passant devant l'imposante porte de l'établissement scolaire que le père se sent autorisé à demander au fils quel métier il désirerait exercer, plus tard.

– Je sais pas, ment Victor.

– T'es sûr ? interroge le père en lui caressant les cheveux.

Il y a un silence beaucoup trop long. Le père pense aux biscottes premier prix qu'il beurre le matin et qu'il dépose à côté du bol Astérix de son fils. Il pense à leurs courses dans les supérettes, l'un porte le panier en plastique, l'autre décrypte la liste, et puis ça trottine, ça rumine, trop de monde, trop cher, allez on fera un foot en rentrant. Il pense au dessin que Victor lui a offert, un matin d'anniversaire, le soleil vert et la prairie rouge immense, deux têtards au milieu, un petit un moyen, mains rondes et doigts immenses, leur sourire bleu éclatant. Il regarde le Victor de quatorze ans et demi qui s'apprête à s'épanouir loin de lui.

– L'athlétisme, murmure Victor après une éternité de silence, j'aime drôlement ça.

La voix est faible, mais le regard est déterminé. Le père sourit, hoche la tête, puis entoure de ses bras les épaules du fils.

PREMIER SAUT

1

Victor patiente en parcourant la brochure rouge et crème qu'un ancien élève lui a remise à l'entrée. L'Institut, y apprend-on, est à la fois un établissement scolaire et une unité post-bac. Le lycée accueille des élèves de la seconde jusqu'à la terminale – un bac professionnel « Commerce » et un BTS « Management des Unités Commerciales » sont également au programme. L'Institut est partenaire d'une université de banlieue parisienne située à quelques kilomètres de là.

– Suivant !

Il fourre les documents dans la poche intérieure de sa veste de survêtement, avance jusqu'au comptoir. La secrétaire à lunettes qui lui fait face n'a pas l'air commode.

– Vous me remplissez le recto *et* le verso du formulaire, précise-t-elle, insistant sur la conjonction de coordination.

Victor prend le stylo qu'elle lui tend.

– Vous pouvez vous déplacer un peu, que je prenne le suivant ? Merci… Suivant !

Plus tard, en échange du questionnaire complété, il reçoit une carte de cantine, ainsi que deux tenues de sport complètes offertes par une marque de pâtes, le principal sponsor de l'Institut – *sucres lents, sucres longs, pâtes des champions* peut-on lire sur le col. La secrétaire l'informe ensuite qu'il occupera la chambre C33, aile C, troisième étage, et qu'il mangera au premier service – elle reporte ces informations au feutre rouge sur une fiche cartonnée format A5, son écriture hâtive agite son bras de l'épaule au poignet, fait trembler les breloques accrochées à son bracelet.

– Votre clé vous attend à la loge, entendu ?

Puis elle rappelle :

– Les cours sont de 7 h 45 à 10 h 45 et de 14 h 15 à 16 h 15. Vous aurez votre emploi du temps détaillé demain, compris ?

Dans le lycée, aucun risque de se perdre parce que chaque classe suit les cours dans la même salle toute l'année ; Victor aura cours en salle D11, juste au-dessus – elle lève un index verni de rose. Enfin elle ouvre, non sans solennité, un classeur rouge dans lequel elle range la fiche de Victor.

– Suivant s'il vous plaît !

Il la salue timidement. Laisse sa place à une petite boule de muscles au visage poupin. Récupère sa valise à roulettes premier prix qu'il avait abandonnée à côté d'une vitrine remplie de coupes et de médailles. Victor est si jeune. Il est déterminé à devenir un triple sauteur professionnel. Il ne peut rien faire d'autre, il ne veut rien faire d'autre. Il fallait juste chercher le meilleur moyen d'y arriver. Et là, le regard perdu entre les coupes et les médailles, il pense qu'il a trouvé.

L'Institut est une ruche, ça monte, ça descend, ça palpite, ça piaille en racontant ses vacances à la mer ou ses dernières performances. Victor essaie de prendre le train en marche, voilà, il est dans les escaliers, aspiré par un groupe d'élèves, il se retrouve au premier.

Dans une grande pièce sombre, le principal sponsor règne en maître, pâtes sur le mur, pâtes au plafond, pâtes jusque sur les rideaux. Un élève de terminale rasé à la tondeuse, coiffure urbaine, graphique et survêtement resserré aux chevilles, prend la parole.

– Bienvenue au briefing des bizuths !

Il annonce que le premier entraînement aura lieu en tout début d'après-midi.

– Vous avez beaucoup de chance, ajoute-t-il, vous aurez Cousu comme directeur des études.

Envolée de ricanements. Après quoi, un autre élève de terminale, qui ressemble au premier comme deux gouttes d'eau, même coupe de cheveux, même survêtement, annonce que l'association des élèves élira son bureau la semaine suivante.

– Si vous avez des questions, précise-t-il, n'hésitez pas à passer à la permanence de l'asso en salle D19. On vous attend !

Applaudissements timides.

Victor regarde autour de lui. Ses yeux font le tour de la salle, s'arrêtent sur un début de barbe timide, un front couvert d'acné, une mèche plaquée par un kilo de gel. Il y a du monde, beaucoup de monde sur la ligne de départ. Il ne frissonne, ne soupire, ne grommelle pas, contrairement à ceux qui connaissent Cousu, qui ont été briefés, informés par un ami ou par un frère, qui craignaient de se voir assigner le plus exigeant des responsables sportifs de la section athlétisme. Du reste, il ne sait encore pas grand-chose de l'Institut, de son fonctionnement, de ses règles, de ses codes. Il est simplement impatient d'en découdre.

Hors de question de laisser passer sa chance. La vie moyenne, enchaîner des petits boulots après des études quelconques, entreprise de restauration rapide proposant des sandwichs et des pâtisseries, franchise de prêt-à-porter masculin, avoir le CDI comme Graal, l'émission de variétés du samedi soir comme principal divertissement, le tuning comme passion dominicale, ce n'est pas prévu dans son programme. La vie moyenne, des factures sur la commode écaillée de l'entrée, la télécommande posée sur le programme télé, des problèmes de loyer, d'alcool, de voisinage : même s'il est incapable de l'exprimer, de le formuler clairement, ce n'est pas du tout son objectif.

Il la veut glorieuse, sa vie, pas rachitique, – glorieuse, c'est à voir, tout de même : dans trois ans et demi, lors d'un covoiturage, le chauffeur, membres frêles et crâne dégarni, demandera à Victor dans quel sport il s'illustre ; quand Victor mentionnera le triple saut, le dégarni ne pourra s'empêcher de pousser un « oh » déçu.

– Allez, hurle le terminale après avoir frappé trois fois dans ses mains, bonne rentrée à tous !

2

Le coach ne doit pas simplement préparer des plans d'entraînement détaillés, puis les faire exécuter. Il doit être doté d'empathie, être fin psychologue, comprendre par quel biais on peut accompagner, faire progresser, motiver, même quand les choses ne tournent pas rond. Bien entendu, il existe autant de méthodes que d'entraîneurs, autant de moyens pour vaincre la monotonie et pratiquer une sorte de maïeutique dans la performance sportive. Serge Cousu pratique la co-construction.

– Avant, vous aviez de mauvaises habitudes, commence-t-il, les mains jointes, dans un mouvement de balancier destiné autant à se réchauffer qu'à capter l'attention. Vous donniez la clé de la voiture à votre entraîneur, et vous restiez derrière. Avec moi, ce sera très différent.

Temps d'arrêt. Cousu se pince l'arête du nez, puis reprend :

– Ici, nous conduirons notre projet ensemble.

Midi brûle, immobile. La chaleur est épaisse pour un 3 septembre, si épaisse qu'elle donne envie de fermer les volets et de coller son nez au ventilateur. Victor et ses onze camarades viennent de courir 6×50 mètres, ils cracheraient volontiers leurs poumons, leur larynx, tout leur appareil respiratoire ; alors cette histoire de projet ne transcende personne, elle donne juste assez de force pour ne pas chanceler, ne pas vomir, ne pas poser un genou à terre.

– Assez parlé…

Les graines de champions se tiennent les cuisses et halètent.

– On reprend. Un dernier tour !

Avant de le voir, en chair et en os, Victor avait tenté d'imaginer le « directeur des études sportives pour la section athlétisme et vice-président de l'Institut », puisque tel est le titre que porte Serge Cousu. Une voix de stentor ? Un physique de statue grecque entretenu par un régime hyperprotéiné, des milliers de kilos de fonte soulevés, une demi-douzaine de platanes arrachés chaque matin ? Un grand maboul haut gradé, un instructeur militaire comme on en voit dans certains reportages sur les pompiers ou la Légion étrangère, le samedi, juste après le journal de 13 heures ? Tout faux.

Cousu mesure à peine 1,65 m. Médiocre coureur de fond, il a compris très tôt qu'il serait meilleur de l'autre côté : coach, détecteur de talents. 1,65 m, épaules étroites, regard bleu, il apparaît aussi effrayant qu'un écureuil. Mais il a une autorité naturelle. Un charisme exceptionnel. Il pose deux doigts sur son menton, prononce une phrase, un conseil, un avertissement, un ordre : on baisse les yeux, on rentre le ventre, on obéit sans poser de questions. Un type capable de mener un troupeau d'éléphants à travers la forêt vierge sans jamais élever la voix.

Voilà quarante-trois ans, la petite sœur de Serge Cousu a été hospitalisée. Rien d'alarmant, au début. Fatigue, douleurs articulaires, vomissements et légère fièvre. Comme ça durait un peu, on l'a emmenée aux urgences. Comme les médecins ne trouvaient rien, on l'a gardée, oh, une nuit, tout au plus. Et puis la fièvre est montée. Et puis la ponction lombaire a parlé. Et puis la méningite l'a emportée. Le soir où Nathalie Cousu s'est éteinte, son grand frère s'est fait la promesse de devenir le meilleur dans la voie qu'il choisirait. Puis il s'est couché tout habillé. Gamin turbulent, frondeur, impétueux, il est devenu un modèle de rigueur.

Depuis la disparition de sa sœur, il a triomphé d'un tas de choses, le manque d'argent, la découverte de ses limites sportives, les infidélités de sa première femme et la grossesse gémellaire de la seconde alors que les finances du couple étaient tout sauf florissantes. À chaque fois, il a pris une profonde inspiration, il est reparti dans la vie. Le voici à présent directeur des études sportives pour la section athlétisme et vice-président de l'Institut. Six médailles d'or par procuration. Le mois dernier, son portrait a paru en quatrième de couverture de *Libération*, avec le jeu de mots de rigueur – *Serge Cousu : de fil blanc*. L'article a été soigneusement découpé, et punaisé dans les toilettes du premier étage. Pour Nathalie, s'est dit Cousu en refermant sa boîte de punaises.

Fin de la dernière série de 50 mètres. Cousu l'a trouvée poussive, cette série. Il le dit doucement :

– Vous étiez poussifs, vous subissiez.

La phrase claque pourtant comme le fouet d'un cocher.

– Vous savez que trois cents gamins tueraient père et mère pour être à votre place ?

Il exécute une sorte de salut militaire.

– Messieurs... Puisque vous n'avez pas envie de vous entraîner, je vous libère. À ceux qui ont un tant soit peu d'ambition et qui veulent construire avec moi leur réussite, je dis à cet après-midi. Les autres peuvent ranger leur sac, rendre leur carte de cantine à l'accueil, et rentrer chez pôpa-môman.

Silence plus lourd que le thermomètre. Les garçons se regardent mains sur les genoux, mains sur les hanches. Faut-il partir, faut-il rester ?

Victor se met à trottiner sur place. Sa fatigue, il la détourne, il l'esquive, il l'élude. Il a connu des moments pires, d'autres défis – avec son père, après une deuxième bouteille de rosé bas de gamme, avec sa mère, inventant sa vie à voix haute sans prendre la peine de mener un récit vraisemblable. Il trottine, Victor, en dodelinant de la tête, en fermant les yeux.

Bientôt, un garçon se met à l'imiter. Et puis un autre, et puis un autre encore, voilà, tout le monde trottine à présent, Cousu lève un sourcil, marmonne, personne ne comprend ce qu'il dit mais cela n'a aucune importance, ce qui compte c'est qu'ils se sont remis à trottiner, tous, et – coup d'œil vers Victor –, qu'il a déjà commencé son repérage.

3

En classe, il est assis au dernier rang. Avachi sur sa chaise, l'œil dans le vague, il arbore un rictus narquois quand un enseignant lui donne la parole. Ses vêtements de marque, sa coupe de cheveux cool et moderne viennent parfaire son image de bourgeois rebelle. Il s'appelle Maël, et c'est avec lui que Victor doit faire son exposé sur le siècle des Lumières.

Victor entre dans la chambre de Maël à 9 heures pétantes, les bras chargés d'une trousse, d'une pochette jaune à élastiques et de plusieurs gros volumes empruntés la veille au CDI. Jusque-là, l'Institut est un rêve éveillé pour lui : les professeurs sont bienveillants, les cours intéressants, les entraînements intensifs. Victor se distingue déjà dans certaines matières, le français, les mathématiques, et puis sur la piste aussi. Il en fait plus que les autres, toujours. Certains essaient de suivre sa cadence, d'autres raillent son côté premier de la classe, mais il s'en fiche, il n'a pas intégré l'Institut pour devenir populaire.

– C’est quoi, tous ces livres ? demande Maël en repoussant une mèche de cheveux. T’as prévu de travailler, mec ?

– On a un exposé à rendre lundi, dit posément Victor.

– Ouais, souffle nonchalamment Maël, je sais. Mais on peut le mettre dans le casier de Dalembert mercredi. Ça nous laisse deux jours de plus, on a du temps.

La chambre de Maël est un capharnaüm. Des chaussettes sales, des paquets de gâteaux éventrés, un coton-tige usagé par terre. Le lit est recouvert d’un tissu indien à la propreté douteuse, sur lequel Victor hésite à s’asseoir. Un collage est affiché au mur, mélange de photos familiales, amicales, et de portraits de sportifs mal découpés dans les magazines.

– T’aimes Maurice Greene ? demande Victor en s’agenouillant devant l’ancien recordman du monde du 100 mètres.

Maël observe d’un œil amusé ce bon élève qui fait l’inventaire de ses possessions. Ses gestes sont précis. Tout est précis, chez lui. Même sa trousse en faux cuir chocolat est bien rangée, les stylos sont tous dans le même sens et n’ont pas perdu leur capuchon, les crayons HB sont bien taillés. Il a repéré Victor dès le premier jour ; Maël a été le premier suiveur, le premier à l’imiter, talons-fesses, talons-fesses. Il a senti que c’était l’exemple à suivre.

– Bon, dit Victor après s’être finalement assis sur le couvre-lit indien, les Lumières…

Maël sourit.

– Vas-y, balance, dit-il, t'as déjà commencé, non ? Tu t'es dit que j'étais du genre à rien foutre, et t'as gratté quelques pages ?

– Bah, répond Victor, surpris d'être ainsi démasqué, j'ai écrit deux ou trois trucs.

– Je peux voir ?

Victor fait claquer les élastiques de sa pochette, en sort deux copies doubles couvertes d'une écriture très serrée.

– Je m'étais dit que ça pourrait aider.

Sans relever la tête, Maël lui glisse qu'il a bien fait de choisir l'athlétisme : dans un sport collectif, il aurait tout fait à la place des autres, marqué des buts, défendu, bref, il ne se serait pas épanoui.

– Pas faux, glisse Victor.

Ils deviennent amis dans le sourire qui suit.

Au triple saut, m'a appris Danuta, qui connaît bien ce sport car elle s'entraîne avec des spécialistes, la jambe de l'athlète supporte douze fois le poids du corps à chaque réception. Compte tenu de la violence des forces en jeu, le triple sauteur n'effectue presque jamais, à l'entraînement, de tentatives avec élan complet. En revanche, il travaille la vitesse et la détente. Il essaie de trouver sa pleine vitesse sur les 10 derniers mètres de sa course d'élan. Il doit renforcer les articulations sensibles, chevilles, genoux, bassin, pour se prémunir de vilaines blessures. En faisant de l'aquabiking, par exemple. Il développe sa puissance, sa force, fait des pompes sautées alternées, des tractions à la barre, ce genre de choses. Il décompose ses efforts, à défaut de pouvoir les combiner.

Il ne s'agit pas de s'améliorer dans tous les domaines, mais de progresser de façon équilibrée.

Trouver l'équilibre, c'est le plus compliqué.

4

Victor et Maël se dirigent lentement vers le bâtiment A, une mocheté en brique rouge. Ils saluent la statue d'archer en marbre qui garde l'entrée, poussent la porte, lancent un tonitruant « bonjour ! » à la gardienne, qui remplit sa millième grille de sudoku derrière sa vitre.

– Madame Pérec, attaque Maël, toujours mielleux avec celle qui ferme les yeux sur ses écarts et fait semblant de ne pas sentir le parfum du shit qu'il fume parfois à sa fenêtre, on a rendez-vous avec le docteur Pillot.

Brigitte Pérec lève le nez de sa grille après avoir dessiné un 3 tout en haut, à droite. Née Brigitte Rivière, cinquante-trois ans, fonctionnaire de catégorie C née à Brest de parents charcutiers, Brigitte Pérec rêvait enfant d'une vie trépidante de comédienne, a pris des cours en cachette, a joué Dorine, la demoiselle de compagnie de Marianne, dans une étrange version de *Tartuffe* mise en scène par son petit copain de l'époque, puis l'a quitté, rangé ses ambitions au grenier, rencontré Jean-Paul Pérec, garagiste, l'a épousé, s'est fait embaucher à l'Institut, a passé un concours. Et s'est progressivement éteinte. En ce moment, elle traverse une zone de turbulence, Brigitte. La grossesse de sa fille unique, et l'absence de père, n'y sont pas étrangères.

– Il est en retard, dit-elle de sa voix la plus lasse.

Brigitte coche les noms de Victor et Maël dans le registre, puis retourne à ses chiffres et à ses malheurs.

Premier étage. Couloir de droite. Ils s'assoient côte à côte, sur deux chaises en plastique marron.

– J'aime pas ça, grommelle Maël, sweat à capuche et baskets fluo, pas ça du tout.

La mer, il aime bien, surtout celle du coin de Bretagne qui l'a vu grandir. Les supermarchés, il aime bien : choisir des yaourts, des paquets de gâteaux, découvrir une nouvelle sorte de bonbons. Les filles, il aime bien, surtout les plus vieilles, les terminales aux poitrines épanouies, qu'il rêve de surprendre sous la douche. Mais les prises de sang, il s'en passerait volontiers.

– Pareil, répond Victor, qui porte le pull gris sale et le bas de survêtement bleu délavé offerts par son père la veille de sa rentrée, et la paire de baskets offerte par Gilles Dubus.

La vie, à l'Institut, est académique, réglée, millimétrée. On s'entraîne on étudie on s'entraîne on étudie on s'entraîne ; pendant ce temps-là, des gens s'occupent du reste. Dans ce curieux microcosme, des gamins motivés essaient de déployer le talent brut que des entraîneurs régionaux ont détecté chez eux pour échapper à leur sort, briser le signe indien, ne jamais remettre les pieds dans leur cité à 20 % de chômage ou leur village abandonné, ne pas devenir leur mère, leur père, ne surtout pas reprendre le flambeau de la vie normale, de la vie médiocre, de la vie des cours d'immeubles et des zones d'activités commerciales, des Gifi et des Lidl, de Pôle emploi et des Caisses d'allocations familiales. Il n'y a que les morts de faim qui tiennent, et qui aperçoivent le bout du tunnel – grâce à une coupe, un podium, une médaille, ou quelques lignes dans *L'Équipe*. Ceux qui n'ont pas assez envie finissent par rendre les armes, et retourner dans cette normalité sans dossard doré, un dimanche, devant Stade 2, en tombant sur un reportage consacré aux espoirs olympiques, ils se diront dans un souffle, putain, lui, je le connais, on était à l'Institut ensemble.

Pour tenir le rythme, ne pas recracher le mors coincé entre leurs dents, et malgré l'esprit de compétition que tous ces gamins cultivent en mangeant athlétisme, dormant athlétisme, vivant athlétisme, on a besoin de soutien, d'émulation. On se cherche des alliances. Depuis l'exposé sur les Lumières et leur 15/20, Maël est devenu l'allié de Victor, qui est devenu l'allié de Maël. Le faux rebelle fait rire le bon élève, le compétiteur indépendant pousse dans ses retranchements le nonchalant couvé par ses parents. Il n'est pas nécessaire de disséquer cette amitié : il y a tout simplement des âmes aussi complémentaires qu'un violon et un archet, des bouches qui finissent les paroles que nous commençons, des cœurs qui savent nous abriter comme des dunes et qu'on met nous aussi à l'abri du grand vent.

Une tête apparaît. Collier de barbe grisonnant, début de calvitie, peau légèrement grêlée d'ancienne victime d'acné : Frédéric Pillot, le médecin de l'Institut en charge des classes de seconde. Il grimace, lance un tonitruant :

– Désolé les gars !

Puis la tête disparaît. Il y aura encore un peu d'attente.

– J'ai reçu des palais bretons, annonce Maël lorsque la porte se referme.

Il se passe la main sur le visage.

– *Fuck* le régime, hein ?

Victor approuve, complice. Dans trente minutes, un décilitre de sang leur sera prélevé, mais plus tard il y aura du sucre, il y aura du beurre, il y aura du réconfort. La dune contre le vent.

5

Il n'est que 9 heures et ils attendent, avec le sentiment d'avoir déjà une longue journée dans les jambes. Hilares ou endormis, ils frissonnent sur la ligne de départ, en attendant les consignes. Et les voici : des mots gueulés en allemand, *Zusammen, Schnell, Voraus*, des ordres hurlés par l'adjoint de Cousu, molosse à demi-brosse qui s'appelle Klaus-Hermann pour l'état civil mais Klaus tout court pour l'Institut, qui aurait été un haut-gradé dans l'armée, et aurait même, dit-on, tué des civils en Afghanistan.

– *Nicht schrecklich… Nächste !*

Victor caresse ses joues à peine rosies par l'effort. Se concentre. Regarde autour de lui, observe les bouches obscurcies par les bagues d'un orthodontiste, les mèches malmenées par le vent, les cages thoraciques qui se soulèvent. Il observe ce troupeau léger, ces congénères disparates, petits, grands, détendus ou bien ravagés par la peur de mal faire. Lui, il est en guerre. Contre ses os, contre ses muscles, contre ses tendons. Il est habité par les heures désertes, le mauve de l'aube et le moucheté du crépuscule. C'est là, dans ces ombres, qu'il essaie de se construire. Il croit en lui dans le sport, et en même temps n'a aucune confiance en lui dans la vie, audacieux et timide, léger et maladroit, obsédé et impulsif – monument de contradiction, de gaucherie et d'aisance qui se dirige dans les deux sens à la fois, que Klaus et Cousu souhaitent dompter, mener quelque part.

– Victor, *bitte* !

Il essaie d'imaginer, les yeux plissés, des choses très belles et totalement impossibles. Une balade en famille, par exemple. Dans une sorte de voiture décapotable qui roule vers la mer, voilà, et qui fait danser les cheveux, et qui aère, qui fait du bien. Une décapotable avec juste ce qu'il faut de fantaisie, une jolie couleur pastel, un volant souple et doux, des bonbons dans la boîte à gants. À l'avant, son père et sa mère, amoureux, tendres. Victor à l'arrière qui sourit. Les ombres ne planent plus : elles longent le sol jusqu'à s'enfoncer dans la nuit. Alors il peut s'élancer. Un, deux, trois.

– Ça allait ? demande-t-il timidement en passant à côté de Cousu, à la fin de la séance.

– Pourquoi ça n'irait pas ?

Il va y avoir un mais, Victor le devine et le redoute. Il baisse les yeux en fronçant les sourcils. Il se sent perturbé, un peu désorienté.

– Mais, reprend Cousu, tu dois davantage visualiser ta course avant de la commencer. Le saut commence avant le corps.

En parlant, Cousu mime une sorte de brasse coulée.

– Il est plus facile de se déplacer dans une pièce quand on est assis, conclut le coach, plus sibyllin que jamais.

Le saut commence avant le corps. Plus facile de se déplacer quand on est assis. Ces phrases deviennent des mantras pour Victor, elles le poursuivent sous la douche, au réfectoire. Quand il les comprendra, il gagnera quelques centimètres supplémentaires.

6

– C'est dur ? demande le père d'une voix atone.

– Pas plus dur, répond le fils, que ton travail à l'usine.

– Toi aussi, t'as un con de contremaître ?

– Un peu, oui. Le mien, il est allemand.

Ils gloussent de concert.

– Tu as progressé ?

– De 3 ce mois-ci.

Trois : on parle de centimètres, et ça a l'air bien.

– P'pa, qu'est-ce que tu voulais devenir ?

– Ce que je voulais devenir ? Tu veux dire, à ton âge ? Attends, je m'assois…

Une bonne partie de la vie du père a consisté à essayer de reprendre son souffle. Il a une existence pénible, un métier pénible. Il a eu une vie amoureuse pénible, aussi. De quoi rêvait-il, à seize ans ?

– Je voulais construire une maison et mettre plein d'enfants dedans.

– Ben c'est un peu raté, du coup.

– Ouais… Mais bon, je t'ai, toi, champion.

Quand le silence arrive, quand il n'y a plus rien à dire, ils se souhaitent une bonne semaine. Victor raccroche en pensant à la glace qu'ils ont partagée, des mois plus tôt ; il plisse le nez, retient un soupir. De retour dans sa chambre, il se consacre à quelques activités domestiques, aère les draps, plie son linge, range les tiroirs. Septième mois loin de chez lui, se dit-il. Ça va aller.

7

– T'as pas envie de danser ?

– Pas trop, non.

Les sourires de ses camarades tourbillonnent de plus en plus vite autour de lui. Ils se mélangent, jusqu'à se confondre. Il n'a bu qu'une bière, mais sa tête tourne déjà.

Ce soir, Victor, Maël et quelques autres ont fait le mur. Ils se sont aspergés de parfum. Ils ont troqué leur survêtement contre un jean. Et ils se sont invités à la soirée d'anniversaire d'un ami d'ami d'ami. Guest-stars du soir, parce que venir de l'Institut, ça claque.

– Ça va, mec ?

Le tee-shirt blanc de Maël est trempé de sueur.

– Ouais.

– T'as vu la petite nana, là-bas ? La rousse ?

Il crache un pépin de pastèque.

– Elle s'appelle Marie. Stylée, hein ? Je vais essayer de la brancher…

– Bonne chance.

Victor aimerait profiter de sa soirée, lui aussi. Mélanger les alcools, avant de mettre sa langue dans la bouche d'une lycéenne à taches de rousseur. Mais il a la tête en Inde.

Ce matin, il a reçu une carte postale.

Escapade au Rajasthan, découverte de l'héritage moghol de Delhi, des palais de Jaipur et de l'extraordinaire Taj Mahal. Une écriture d'enfant. Des fautes d'orthographe.

Après avoir lu la carte, il a enfoui son visage dans son polo. Elle faisait quoi en Inde, sa mère ? Et comment avait-elle eu son adresse ? Comment avait-elle appris qu'il était désormais interne à l'Institut ? Elle a dessiné un cœur à la fin. Et Victor, ça lui a fendillé le sien.

– Bon, tu veux pas bouger ?

Planté devant lui, Maël attend qu'il lève les yeux.

– Alors, ta rouquine ?

– Elle a un mec.

– Ah.

– Maël…

– Quoi ?

– C'était ma mère, la carte postale.

– OK… Elle arrive même à te mettre le seum depuis l'Inde, alors ? Je suis pas d'accord, mec.

Il s'éloigne, revient avec un bol de cacahuètes, en attrape une poignée et la fourre dans sa bouche.

– Ou' une 'ois qu'on s'amu'e.

– Quoi ?

– Pour une fois qu'on s'amuse !

Victor prend à son tour une poignée de cacahuètes. La carte postale, dans sa tête, il la range. *Alors on danse*, psalmodie Stromae, et Victor ferme les yeux, et il se met à sauter, un doigt en l'air.

8

Juillet. Un 4 x 4 beige aux vitres fumées les attend devant l'Institut. Ils chargent leurs valises et leurs sacs de sport dans l'immense coffre qui sent le chien mouillé. Maël s'assoit à côté de sa mère, qui tapote sa joue de l'index tandis que son fils attache sa ceinture – une bise, ensuite, à l'endroit indiqué.

– Bonjour madame, lance Victor d'une voix presque chantante.

– Salut Victor, répond madame Kéradec.

347 kilomètres plus tard, les voilà sur le seuil d'un vaste et clair appartement, dans lequel Victor entre sur la pointe des pieds. Secrétaire en cerisier, miroir doré, le couloir est magnifique. Dans l'immense séjour, un homme aux tempes grisonnantes, polo blanc, short blanc, pieds nus, l'accueille avec chaleur, puis lui propose à boire – un café, un thé, un Coca, autre chose ?

– Non merci, monsieur, répond Victor.

Il souhaite simplement siroter le bonheur d'une famille normale, sur le canapé crème, dos à la fenêtre, écouter les jappements de Scala le cocker, regarder la robe de princesse d'Anna, la fille cadette, fixer la nuque de Marc le père, qui vient de décrocher son téléphone portable, est en train de donner des ordres (mais des ordres doux) à son adjoint ou à son associé, et presser le bouton REC de sa mémoire, pour ne rien oublier.

– Tu es sûr, tu ne veux rien ? demande Maël. Bon, dans ce cas je vais te montrer ta chambre… Maman, tu nous as acheté quoi pour le goûter ?

Victor passe dix jours chez Marc, Évelyne, Maël et Anna Kéradec. Il boit leur café, se lave avec leur gel douche, s'endort dans le parfum de leur lessive. Il taille la haie avec Marc, puis l'accompagne à la déchetterie. Il trie de vieux livres avec Évelyne, par ordre alphabétique des noms d'auteur – et apprend au passage qu'elle est directrice des ressources humaines d'une société de treuils hydrauliques. Il répare la porte du placard d'Anna, pour qu'elle ne grince plus. Il a l'impression de faire partie de la famille.

Un soir, il aide à préparer le repas. Coupe les tomates pendant que Marc tranche la mozzarella, parsème le tout de basilic. Écoute la famille parler, à table, de gens qu'il ne connaît pas. Quand, après une tournée de glaces, tous s'assoient à même le sol devant l'écran de l'ordinateur portable de Marc, quand ce dernier se connecte sur le site Internet de l'hôtel 5 étoiles Resort & Spa où la famille va passer une bonne partie du mois d'août – aux Seychelles, ils somnoleront sur la plage d'Anse Intendance, visiteront la cocoteraie de l'île de la Digue, se feront servir un curry de poulpe au lait de coco –, Victor reste à l'écart du cercle qu'ils forment.

9

– Ils vont construire un gros supermarché à l'entrée d'Essay, explique le père en se grattant les sourcils.

Il a grossi, se dit Victor, oui, il a drôlement pris du ventre.

– C'est bien, poursuit le père, parce que ça va créer quelques emplois.

Une poignée de secondes plus tard, il boit au goulot une Lager premier prix, à la robe pâle. Après cinq ou six lampées, il trouve le courage de parler.

– Victor, souffle-t-il en rougissant un peu, j'ai rencontré quelqu'un. Elle s'appelle Irène.

Le fils lance un beau sourire au père qui, soulagé, passe au vin rouge.

– J'ai bien fait de venir, on dirait, glisse Victor.

– Elle est coiffeuse, elle pourra te raccourcir tout ça, plaisante le père en lui ébouriffant les cheveux.

Les coquillettes sont cuites, on y ajoute du beurre, du jambon et un substitut de fromage râpé, rien de bien audacieux.

– C'est allé très vite, explique le père en commençant son assiette.

Depuis leur rencontre, ils ne se quittent guère, ils se parlent beaucoup. Ils conçoivent aussi le projet classique de vivre sous le même toit, et de mettre leur brosse à dents dans un même verre. J'ai bien fait de changer mes plans, se dit Victor en s'essuyant la bouche avec une feuille d'essuie-tout.

Le lendemain, Irène lui coupera les cheveux trop courts en lui posant mille questions. Cette brune tonique, un peu trop maquillée, un peu trop bavarde, lui montrera aussi ce site Internet qui répertorie les jeux de mots capillaires de ses concurrents.

– Moi je fais sobre avec mon Irène Coiffe les Hommes, hein ?

Quant à leur premier dîner à trois, il se passera bien, beaucoup d'histoires dans une apaisante eurythmie, le père plus joyeux que jamais, une comédie américaine où de jeunes parents emménagent dans un charmant quartier résidentiel – leur tranquillité est rapidement chamboulée par la confrérie d'étudiants qui s'installe dans la maison d'à côté, et Irène gloussera, Irène pouffera, Irène grognera de rire tandis que le père apportera les mugs de tisane au thym.

– Tu devrais en boire une aussi, Victor, c'est antimicrobien.

– Ok, p'pa.

Victor sourit doucement, se marre intérieurement.

10

Le ciel est bleu foncé avec des millions de taches blanches. Comme des traînées de lait. Victor les observe, couché dans l'herbe, les bras croisés derrière la nuque. Il est presque minuit. Il écrase un moustique sur son bras droit. Il est songeur.

Il pense à sa mère. Qui ne l'a jamais consolé après une chute de vélo et un genou écorché, ne l'a jamais vraiment pris dans ses bras. Qui l'aime sans doute, un peu, mais aurait aimé appuyer sur la touche retour arrière au moment où la sage-femme l'a posé sur son ventre, parce que cette responsabilité, ce poids, cet engagement à vie, c'était trop lourd pour elle. Il n'y a pas de tendresse entre eux. Entre eux, il faudrait tout inventer.

Il pense à ce qu'il sait d'elle, ce qu'elle lui a peu confié, ce que son père lui a beaucoup raconté. Son enfance à la campagne, dans les Landes, des histoires de poules, de moutons, de chasse, des légendes avec des pendus et des lacs, un monde simple et sans relief, des goûters au lait de vache après l'école, des marchés, des levers aux aurores pour filer un coup de main, avec le frère, l'oncle inconnu de Victor, élevé pour reprendre l'exploitation familiale, c'était réglé, certain, mais l'oncle vrille, fuit son milieu, décolle les étiquettes au white-spirit, s'engage dans l'armée, ne s'y plaît pas non plus, alors drogue, alcool, suicide, il disparaît et tout disparaît autour, on l'efface, on ne parle plus de lui. La mère de Victor devient fille unique.

Puis c'est l'arrivée du père de Victor dans l'histoire. Sa bouche très grande. Sa fossette au menton. Ses faux airs de Steve McQueen. Il est appuyé contre le chambranle d'une porte, beau, divin, il a dix-huit ans – deux ans de plus qu'elle. Il vient donner un coup de main à la ferme, pour trois semaines – les trois semaines vont durer six mois. Ils s'aiment et se hurlent dessus, se quittent dix fois. Il lui propose finalement de l'épouser, elle le regarde, elle hésite, elle dit oui, peut-être à cause de Steve McQueen, et il l'embrasse. Lorsqu'elle annonce, plutôt crever que de reprendre l'exploitation, il hausse les épaules, OK, comme elle voudra. Le givre s'accroche à la lune, la grisaille du ciel est sucrée, elle monte dans sa voiture au bas de caisse enfoncé, ils quittent tout pour une nouvelle vie sans mésanges ni hérons, mais qui sera forcément formidable.

Évidemment, la nouvelle vie sent l'usine et la chasse aux promos imbattables. Son beau mari, elle ne l'aime déjà plus, d'ailleurs il n'est pas si beau ce type, et puis il est trop effacé, trop faible, et puis il a une vilaine dentition. Son enfant ? Elle ne parvient pas à s'y attacher, vraiment pas. Elle ne comprend pas comme il a pu sortir de son corps. Elle l'y remettrait bien, pour que tout recommence, ailleurs, en mieux, en plus grand. Quand elle assemble machinalement des perfuseurs dans cette usine spécialisée dans la production de matériel médico-chirurgical, sa tête se remplit de rêves, où elle bronze sur une serviette rose, où elle se vernit les orteils.

Faut-il s'étonner qu'un jour elle prenne un virage serré à droite, vers le bleu de la mer et le soleil qui brûle ?

Elle emprunte une route étroite qui longe une côte chaude, jaune, vivante. Elle abandonne mari, enfant et perfuseurs pour du thym, du romarin, des térébinthes, de la camomille et de la folle avoine. Et tant pis s'il faut mettre une jupe trop courte sur ses fesses, tant pis s'il faut mimer une serveuse dans un bar-restaurant à la façade décrépie ; ce sera toujours mieux que le gris de la fausse ville où elle était en train d'étouffer.

Elle ne donnera pas de nouvelles pendant cinq ans.

Couché dans l'herbe, les bras croisés derrière la nuque, Victor pense à celle qui n'a jamais vraiment essayé d'être une mère.

11

Le premier dimanche de sa deuxième rentrée à l'Institut, Victor retrouve Cousu sous une pluie de cinéma devant l'entrée de la cage réservée aux lanceurs de disque et de marteau.

– Pile à l'heure, lâche Cousu, c'est bien.

Il est moulé dans un survêtement rose et kaki que Victor n'avait encore jamais vu, et qui ne fait pas de cadeau à son début de bedaine.

– Vous avez l'air en forme, Valétudié.

En août, Victor a enchaîné les missions d'intérim sur des chantiers, nettoyé des bungalows au Kärcher, déplacé des étais, trié des boulons.

– Allez, poursuit Cousu, qui a senti que le regard de son poulain s'attardait un peu trop sur sa tenue, on commence.

Les deux mains sur la rambarde des tribunes, Victor allonge ses muscles, jambes, bras, cou, tout y passe. Puis il se dirige, tête basse, vers le bac de sable.

– Ne te soucie pas de la planche d'appel, aujourd'hui, lui crie Cousu, mains derrière le dos. N'essaie pas de produire le geste parfait. La perfection, ça n'existe pas. Encore moins en compétition. Dans ta discipline, comme dans les lancers, tu ne fais rien d'autre que répéter le même geste, encore et encore. Pour passer à l'étape suivante, tu dois accepter de te relâcher. Compris ? Le relâchement doit primer. Tu dois trouver l'état d'esprit idéal, te vider totalement. Pour que tout ce que tu as appris, eh bien, tu l'automatises.

Le buste droit, le genou haut, Victor étire son corps vers le ciel pour donner de l'ampleur au bond qu'il s'apprête à faire. Lors de ses sauts, il a essayé de nombreux états mentaux. Il a pensé à de jolis paysages. Il a aussi essayé la colère. Mais le vide, on le trouve où ? Comment fait-on pour ne penser à rien ? se dit-il.

Et puis il se lance dans une foulée ample. Les trois bonds le font danser au-dessus du temps. Ce que voit alors Cousu, on peut la reconnaître et la nommer sans aide, même quand on n'a jamais assisté au moindre entraînement d'athlétisme : la grâce.

Une poignée de secondes plus tard, la main droite et la main gauche de Cousu se rapprochent, plusieurs fois de suite, se rencontrent, applaudissent.

– J'ai essayé de ne penser à rien, souffle Victor, tête basse.

– C'était vraiment vide dans ta tête, alors, plaisante Cousu après lui avoir donné une petite tape dans le dos. La planche était parfaite ! Tu me fais plaisir, petit. Y a plus qu'à reproduire ça en compétition. Allez… Assez pour aujourd'hui, va te doucher.

– Coach ?

– Quoi, Victor ?

– Sérieux, vous l'avez trouvé où ce survêt ? Chez Emmaüs ?

Faux mouvement d'humeur du directeur des études, hop, coup de coude dans les côtes, et puis ils se séparent sur une franche poignée de main.

Après une douche rapide, Victor se dirige lentement vers son bâtiment. Tee-shirt trempé de sueur posé sur l'épaule, pointes à la main, il se dit qu'il a bien fait d'insister auprès de son directeur des études : ces heures d'entraînement supplémentaires sont bénéfiques.

Il réveillerait bien Maël pour lui annoncer qu'il vient de battre son record personnel, Maël qui souffre depuis la rentrée, manque d'entrain, surpoids. Et puis non. Il pénètre dans sa chambre, envoie valser son tee-shirt sale, pose ses pointes à côté de son lit, ôte ses claquettes, ses chaussettes. S'allonge. Ce soir, se promet-il, bras croisés derrière la nuque, j'arrose ça à la bière. Puis il se ravise : bon, au moins un panaché.

Jusqu'aux années 1960, ai-je appris, le triple saut est considéré comme une discipline mineure, un pis-aller, un sport-refuge ; les sprinteurs ou les sauteurs en longueur qui n'obtiennent pas les résultats escomptés dans leur discipline de prédilection s'y essaient pour se rassurer, pour exister, pour percer enfin. Ce n'est pas difficile dans la mesure où, à l'époque, le triple saut n'est pas techniquement très évolué. Les sauteurs se concentrent essentiellement sur le cloche-pied, le premier des trois sauts ; ils finissent comme ils peuvent sur les deux autres.

Un certain Tadeusz Starzynski change le paradigme.

Dans son livre, *Le Triple Saut*, traduit du polonais par Barbara Szpakowska, Starzynski cerne parfaitement les aspects techniques de la discipline. Aujourd'hui, ses travaux continuent de faire école. Il délaisse l'idée du saut en force. Se focalise sur la course d'élan. L'explosivité, la vitesse.

L'équilibre.

12

Janvier entre dans février qui laisse sa place à mars, à avril, à mai, de jeunes athlètes s'affirment, d'autres marquent le pas, les plus performants sont récompensés, ils reçoivent un équipement bleu blanc rouge, équipe de France cadets. Ça danse dans les chambres, ça hurle, ouah, bleu-blanc-rouge, mec, la *French Team*, gros, on y est, les efforts paient. Bientôt, ils disparaissent dans un car sombre qui roulera jusqu'en Belgique, s'isolent à coups de décibels dans les oreilles, se concentrent. Comme les grands.

À 10 kilomètres de l'arrivée, ils ont droit au discours solennel du responsable.

– De deux choses l'une, conclut-il en retroussant les manches de sa veste de jogging tricolore, après plusieurs minutes de harangue digne d'une mi-temps de France-Italie en finale de Coupe du monde de football, soit vous gagnez… soit vous gagnez. OK ?

Il frappe ensuite dans ses mains pour galvaniser ses troupes.

– On y va. Go, go, go !

Les épreuves de Maël et Victor n'ayant pas lieu au même moment, ils vont pouvoir s'encourager. C'est Maël qui ouvre le bal. Dossard 12, couloir 3. Le starter donne ses trois commandements, puis c'est le coup de feu – Victor ne peut s'empêcher de fermer les yeux. Quand il les ouvre, son ami est à la traîne, à cause d'un départ catastrophique. La suite de la course est plus rassurante, les épaules sont bien en avant, volontaires et engagées, et il refait son retard. Malheureusement, le haut du corps se crispe, la foulée se grippe, l'excès d'acide lactique provoque des brûlures, bref, Maël s'effondre dans la dernière ligne droite et termine bon dernier. Dépité, les mains sur les hanches, il a l'air d'un colis livré à la mauvaise adresse.

Au suivant, se dit Victor, la gorge serrée.

Une heure et vingt minutes plus tard, le juge responsable du concours, un petit bonhomme aux yeux très rapprochés, indique à Victor que tout est prêt pour son premier essai. Le dossard 13 s'étire, monte un genou. Muscles chauds, articulations lubrifiées, capillaires sanguins ouverts : le corps est prêt. L'esprit, lui, est ailleurs. Il traverse des tas de paysages des tas de montagnes des tas de forêts des tas de silences des tas de souvenirs. Il se vide.

Un officiel moustachu lève un drapeau jaune : quinze secondes pour effectuer son saut.

Des tas de montagnes des tas de rêves des tas d'histoires. Le vide. Un, deux, trois…

« Valétudié V. » prend la deuxième place du concours.

13

Le spectacle n'est pas que sur le terrain, comme souvent. En bas, près de la piste, des supporters belges, torse nu, drapeau peint sur les joues, entonnent des chants joyeux dès qu'un gars ou une fille du pays s'illustre. Plus haut, parmi les spectateurs assis, on encourage, on applaudit.

En catégorie 1, escalier D, il y a un visage blond aux grands yeux verts, dix-huit ans et quelques poussières. Elle porte une jolie robe, motifs tapisserie à fleurs. Elle s'appelle Calypso à cause du navire mythique d'un explorateur à bonnet rouge, qui a toujours incarné une sorte de modèle de droiture pour son père. Elle s'appelle Calypso, a grandi en Normandie. Ses parents sont enseignants. Elle a eu une enfance aisée, une adolescence sans histoires. Elle s'apprête à faire son entrée dans une école de commerce classée quatrième par le supplément Étudiants du *Figaro*. Elle s'appelle Calypso, essaie de déchiffrer des nocturnes de Chopin au piano électrique quand elle ne se rend pas à son cours de pilates, mange des sushis une fois par semaine, se trouve trop mince et trop petite, est un peu complexée par sa voix de princesse Disney, aime autant la solitude que la compagnie, a les mêmes amies depuis le collège, porte des lunettes de soleil *oversize*, agite un éventail japonais sur sa photo de profil Instagram, et s'ennuie cet après-midi-là dans les tribunes du stade Micheline-Lannoy.

– Vous avez vu Lucas ? demande sa mère.

– Non, répond son père. Il ne court pas tout de suite. Le 100 mètres c'est tout à la fin, juste avant le relais.

– Ah d'accord…

– Ça va, Caly ?

– Mmm.

Tout ce que Calypso fait, obtient ou réussit : bille de verre contre diamant ; ce n'est rien, jamais rien à côté de la moindre petite performance de son frère, Lucas, le sportif, le sprinteur, le champion de la famille. Qui, lui aussi, va courir sous le maillot de l'équipe de France cadets, aujourd'hui. D'où les deux heures et quarante-huit minutes en Mégane Scénic endurées par Calypso pour venir jusqu'ici. Elle ne jalouse plus son frère, a cessé de se morfondre, oh, elle s'en fiche, à présent, son école de commerce l'attend, la colocation avec Rachel, le BDE, la coupe des assos, les shots de tequila au Palace Café, la vraie vie commence, et c'est sans doute le dernier événement sportif auquel elle assiste de force, l'ultime ennui, *the last show* – mais qu'on en finisse rapidement, tout de même.

– Tiens, y a le triple qui commence, commente le père en s'éventant avec le programme.

Le triple saut : discipline dont la majorité des gens ignore l'existence – pas Calypso, qui a suffisamment fréquenté les stades pour ne pas être surprise par ces bonds étranges.

– Ils ne sont que six, ça devrait aller assez vite.

Calypso suit le dossard 18, un Polonais qui mord son premier essai. Elle jette un coup d'œil au dossard 65, un Espagnol sans grâce.

– Voilà le Français, là, fait le père.

Dossard 13. Un courant électrique la traverse soudain. N'essayons pas de comprendre. Il ne s'agit pas d'électrons qui circulent dans un sens, de câbles, de dynamos, de machins dans ce genre. Il s'agit d'un corps qui bouge, de cheveux qui se soulèvent, et qui produisent, dans un autre corps, à plusieurs mètres de distance, ce que l'on peut désigner comme de la chaleur. Elle s'ennuyait jusque-là dans les tribunes, mais Victor a eu la bonne idée d'entrer dans son champ de vision. Elle a l'impression que les rêves du garçon aux jambes interminables qu'elle dévore à présent du regard sans en comprendre la raison ne sont pas bien différents des siens.

– On va s'acheter un truc ? demande son père.

Calypso ne répond pas.

Le premier essai du dossard 13 est divin. Une envolée prodigieuse. Mais ce garçon n'a pas l'air de s'en rendre compte. Il se retire. Ferme les yeux, place ses mains au niveau du visage, comme un boxeur. Des bouts de météorites peuvent bien tomber autour de lui, songe Calypso, des cieux entiers même, il ne cillera pas, demeurera dans sa bulle.

Vingt minutes plus tard, lors de sa deuxième tentative, il vole encore plus loin. Laisse échapper une moue satisfaite.

Cette moue.

Ce regard.

– Bon, Calypso… Va y avoir la queue !

Le bonheur ressemble parfois à un frisson que l'on rapporte chez soi en soupirant.

Lucas, le fils prodige, échoue à une piètre septième place. Il ne se plaindra même pas de son couloir, semblera résigné, ne se cherchera aucune excuse. Deux mois plus tard, il abandonnera l'athlétisme – trop de contraintes, trop de sacrifices, et puis il a une autre vie à vivre, car en pleine rue, à Reims, un homme l'a abordé pour lui proposer un rôle dans un court métrage, alors il s'inscrira en stage d'été au cours Florent avant d'intégrer, au bout d'une année, la « classe libre » de l'école de théâtre, on ne parlera plus d'athlétisme à la maison, on rangera les coupes au garage, dans un carton, avec les décorations de Noël et les vieilles chaussures, et on s'abonnera aux *Cahiers du cinéma*.

Mais pas trop vite.

Le soir, dans la voiture, Calypso ose demander par SMS à Lucas s'il connaît ce dossard 13 qui a rapporté une médaille d'argent à la France. Réponse du frère : *Pas bi1 je connais plus son pote Maël. Pkoi ?*

Je suis grave, se dit-elle. Et elle range son téléphone portable dans son sac, en rougissant.

14

Victor lève les bras tandis que son nom apparaît en grand sur le tableau lumineux : *#2 VALETUDIE V.* Il court saluer le vainqueur, qui lui tombe dans les bras en sanglotant. Les autres sauteurs les rejoignent, leur tapent dans le dos, crient des félicitations dans toutes sortes de langues.

Après, c'est un peu flou.

La main d'une jeune femme brune lui tend un bouquet d'asphodèles ; Victor le lève au-dessus de sa tête, en rougissant. Il monte sur la plus haute marche, se colle à la médaille de bronze et à la médaille d'or alors que des centaines de téléphones portables photographient un podium promis au plus glorieux des avenirs. Les trois visages sont radieux, les trois sourires sont éblouissants.

Après, il y a un blanc.

Dans le bus, les copains improvisent une chanson à sa gloire, une variation de *On est les champions* avec son prénom. Maël joue au chef d'orchestre. Victor aimerait se cacher sous son siège, il est un peu gêné, il est tellement heureux, il pense à son père, il pense à Serge Cousu, à Gilles Dubus, il se dit qu'il est devenu un athlète, enfin.

Après, il ne se souvient plus de tout.

Il reprend pleinement conscience le lendemain, au petit déjeuner. Quand Maël secoue la tête en souriant.

– Vice-champion d'Europe cadets, mec ! T'aurais pu mieux faire…

Victor hoche la tête lentement, un immense sourire aux lèvres.

– La prochaine fois.

Lors du meeting de la Réunion, Danuta lance son javelot à 55,13 m. Une bonne entrée en compétition dans une période où elle est dans le dur, écrit-elle sur Instagram.

Je lui envoie un message : *Elle ressemblerait à quoi, une carrière réussie ? Quels sont tes objectifs ?*

Elle me répond : *Deux olympiades. Le record de France senior. Surtout : être heureuse.*

15

D'autres vacances, après d'autres victoires. Évelyne Kéradec porte un jean trop large et un pull trop grand – ou alors elle a beaucoup maigri, ses joues se sont creusées. Elle n'a pas un regard pour Victor, qui monte en silence dans la grosse berline après avoir placé ses deux valises dans le coffre, à côté de celles de Maël.

– Allez, zou, souffle-t-elle après avoir monté le son de Radio Classique.

Elle jette un regard soucieux dans son rétroviseur, la ride de son front se marquant un peu plus. On est suivis ? se demande Victor pendant la *Danse hongroise n° 5* de Brahms.

– On pourrait commander des pizzas pour ce soir ? propose Maël au moment de leur entrée sur l'autoroute.

La mère répond sans enthousiasme, puis rédige à haute voix une liste de courses, avant de soupirer, parce que le boucher de la rue des Appuis est fermé pour quinze jours – la voilà soudain au bord des larmes, Évelyne.

Elle monte le son. Il n'y a pas de meilleur remède à la mélancolie que Verdi, *Libiamo, Libiamo*.

C'est plus réchauffé du côté de Marc Kéradec, qui, comme à son habitude, les accueille pieds nus, et salue Victor aussi chaudement qu'un membre de sa famille. Le garçon accepte un thé vert, que le père de Maël lui apporte dans le salon.

– Alors, il paraît que tu enchaînes les podiums depuis un an ?

Pendant qu'Évelyne s'est isolée pour téléphoner, alors que Maël n'en finit pas de déballer ses affaires, Marc questionne Victor sur ses heures supplémentaires. Ce qu'il aime, chez les Kéradec, c'est la belle lenteur des heures qui s'écoulent. Rien n'est urgent, rien ne presse. Et puis Victor se sent important, parce que Marc l'interroge, et paraît très concentré lorsque Victor lui apporte ses réponses.

– Je me prends un café, au cas où ça vous intéresse, fait Maël, qui les rejoint dans le salon.

– Bon, dit Marc, je vais voir ce que trafique Ève – il ne prononce jamais son prénom en entier.

– Un foot dehors ? propose Victor.

Maël hausse les épaules.

– Pas vraiment, non.

– Tu m'en veux pour quelque chose ?

– En tout cas, tu te débrouilles de mieux en mieux dans le rôle de l'égoïste – et Maël disparaît à son tour, laissant Victor seul et en légère hyperventilation.

Après une soirée omelette aux champignons / monologue de Marc en tablier fleuri / Magnum Almonds,

Victor rejoint Maël dehors. Mains sur les hanches, il respire fort, la bouche ouverte.

– J'ai dit un truc ? demande Victor, haletant.

– Tout ne tourne pas autour de toi, lâche Maël, qui, pivotant, livre ses yeux rouges à son ami.

Victor comprend enfin : cela n'a rien à voir avec le sport.

– Mec, je suis là si…

Maël ferme les yeux, et raconte. Un samedi matin, au rayon produits d'entretien d'un magasin bio, la mère de Maël a lâché son *tote bag*, s'est affaissée, a perdu connaissance. La caissière, une jeune femme qui portait dreadlocks et piercings apparents, militait à L214 et ne jurait que par le tofu soyeux, s'est précipitée sur sa cliente, l'a placée en PLS puis a appelé les secours. On pensa au début que c'était la fatigue, le surmenage, un burn out – elle venait de licencier soixante personnes, ce n'était pas rien, tout de même. Mais voilà, les examens médicaux ne furent pas bons du tout.

– C'est vraiment la merde, murmure Maël.

Le lendemain de l'enterrement, Maël annonce à Victor qu'il va quitter l'Institut.

– J'ai rêvé d'être pro, souffle-t-il en faisant craquer les articulations de ses doigts. Mais le rêve est trop grand, hein ? Je ne suis pas fait pour ça. L'effort me tue, alors que toi… Moi, j'arrête, mais toi, tu iras loin. Pour nous deux. OK ?

Victor se retient de lui dire qu'il fait une bêtise, que ce n'est pas le moment, non, ce n'est pas du tout le bon timing, mais il se contente d'un signe de tête.

Ensuite, le père de Maël, qui porte des chaussures neuves, en cuir, bicolores – des chaussures de claquettes et pas de deuil, pense Victor – raccompagne à la gare le meilleur ami de son fils ; il parle, parle, parle, dit que la vraie vie c'est un café au bord d'un soleil léger, que la vraie vie c'est la conjugaison du verbe *contempler*, qu'il va démissionner, laisser les rênes de sa boîte à d'autres, qu'il va se mettre à la cuisine, à la pâtisserie, oui, qu'il va passer le reste de sa vie à chercher la recette ultime de la tarte au citron meringuée. Victor acquiesce, il ne sait pas quoi faire d'autre.

Avant de le laisser claquer la portière de son crossover, le père de Maël lui souhaite bonne chance pour tout.

DEUXIÈME SAUT

1

Victor plisse les yeux pour ne pas être ébloui par l'écran de son téléphone portable. Il est 05 h 07. Voilà, se dit-il, j'ai dix-huit ans.

Sa vie d'espoir est monacale. Pour continuer à glaner des médailles, comme aux championnats de France cadets en salle – deuxième avec 13,54 m – ou aux interrégionaux de la Ligue d'Île-de-France d'athlétisme – médaille d'or avec 13,57 m –, il se couche tôt, se lève tôt, ne boit pas, ne fume pas, ne mange que ce qu'on lui recommande. Les rares fêtes auxquelles il participe se terminent bien avant minuit. Depuis le départ de Maël, il n'a plus d'amis à l'Institut, juste des camarades, avec qui il transpire sans partager grand-chose à part le statut de survivants. Avec ceux qui ont résisté à la pression, à l'abandon, les plus affamés des morts de faim, des sujets monomaniaques et égocentriques, narcissiques et mégalomanes, Victor forme une sorte de communauté, un collectif, une petite société qui semble se serrer les coudes, mais serait disposée à planter un couteau dans le dos de son voisin pour percer et intégrer un grand club, soyons lucides.

05 h 23, premier texto. Ce n'est évidemment pas sa mère : il n'a plus de nouvelles d'elle depuis presque trois ans. Ce n'est pas non plus son père, qui ne sait toujours pas envoyer de messages, malgré les cours que lui donne sa coiffeuse. Non, le *Happy B, Bro* est signé Maël. Qui paraît s'épanouir dans son école de commerce. Qui rêve à présent de se réconcilier avec le sport en gravitant autour, communication, *branding*, business.

Le père appelle à 07 h 02. Victor décroche en slip au milieu de sa chambre d'étudiant spartiate.

– Bon anniversaire, mon grand ! crie-t-il. Il y a Irène qui t'embrasse aussi !

– Chouette, merci.

– Alors ? Tu as trouvé ton futur club ?

– Franck Forgeron veut me voir lundi, annonce Victor. Le type de la Team Eleven. Faut dire que je l'ai harcelé, je lui ai envoyé au moins dix mails.

À l'autre bout du fil, le père se gratte la tête.

– C'est quoi, ça, la « timilévenne » ?

Victor sourit.

– Un grand centre d'entraînement privé… J't'en ai parlé la dernière fois.

– Ah oui ! L'équipe 11.

– Sinon, je pourrais rester un an de plus à l'Institut, et passer en STAPS, en plus je serais boursier, j'ai déjà fait le dossier. Mais j'ai peur de stagner…

– STAPS ? coupe le père, toujours aussi largué quand il s'agit d'études.

– Sciences et techniques des activités physiques et sportives. Pour devenir prof de sport. Y a des cours à la fac en parallèle. Certains de mes copains font une formation de journalistes, aussi. Mais là…

– Tu préfères quitter le public pour le privé, alors ?

– La Team Eleven appartient à un grand groupe, on est payés. Un peu plus que le SMIC la première année, ensuite ça varie selon les perfs.

– Ils sont basés où ?

– Dans le Nord, vers Lille.

– Ils sont dans quoi ?

– Ils font de l'argent avec de l'argent, en gros.

Victor pourrait devenir le nouveau jouet d'une société multinationale américaine spécialisée dans la gestion d'actifs, mais il n'entre pas dans les détails.

– Ils t'offrent quoi, la timilévenne ? Un diplôme spécial ?

– Ils me donnent un cadre d'entraînement de ouf, papa. Des préparateurs physiques, un nutritionniste… Et puis un salaire…

– Un salaire, répète le père, et on devine qu'il est fier. Alors il faut que tu le rencontres, ce Forgeron.

– C'est ce que je vais faire, p'pa.

Voilà. Victor a dix-huit ans. Un sac de sport Nike orange sur l'épaule. Des lunettes de soleil qui lui permettent de dissimuler son léger strabisme, si bien que le vestibule où il s'avance à présent se montre encore plus obscur, à travers ses verres fumés, que le destin vers lequel il semble se diriger.

2

Ancien professeur d'EPS en collège, d'abord spécialiste de basket au niveau régional, Franck Forgeron a développé une spécialité athlétisme à la fin de ses études. Profondément impliqué dans le sport scolaire, il a découvert par hasard le haut niveau grâce à un ancien camarade de classe, député devenu membre de la commission culture et éducation de l'Assemblée nationale, qui lui a annoncé un jour, au cours de leur déjeuner mensuel roboratif au bistrot où ils ont leurs habitudes, qu'il pourrait sans difficulté le « placer » à la Fédération française d'athlétisme. Quelques mois plus tard, Franck Forgeron devenait l'entraîneur « sprint et relais » de l'équipe de France cadets. Il s'est habitué à ce nouvel environnement tout en conservant ses réflexes d'entraîneur de sport collectif, que ce soit en matière de tactique de course ou de dynamique de groupe. Repéré assez vite par le comité directeur de la Fédération grâce au succès de ses jeunes pousses sur la scène européenne, il s'est vu confier l'équipe de France juniors, qui devint championne du monde par équipe l'année suivante. Débauché par le privé à coups de milliers d'euros, il est à présent le « directeur du développement du haut niveau pour l'athlétisme » de la Team Eleven.

Il est ce qu'il te manque, avait dit Cousu en donnant à Victor une petite claque dans le dos.

La première rencontre n'a pas lieu dans un bureau lambda – un Forgeron emphatique expliquant sa méthode en dessinant des triangles et des ronds sur un tableau Velleda, un Victor timide et audacieux opinant du crâne en caressant la table rectangulaire en mélaminé. Forgeron donne rendez-vous à Victor sur un terrain de football, à une bonne demi-heure de bus du centre qu'il dirige. C'est peut-être un jeu de piste, songe Victor lorsqu'il reçoit l'adresse dans un SMS laconique ; si je trouve ce terrain, il m'engage ; si je me perds, je dégage.

Le jour J, il se rase, se parfume, met un tee-shirt blanc qui lui donne bonne mine, déterminé comme jamais à faire une excellente impression. Très en avance, il gagne l'arrêt du bus 68, qui le conduit, après douze arrêts et autant de regards inquiets vers le chauffeur à barbiche qui lui a promis de lui indiquer quand il serait arrivé à bon port, vers l'avenue Roger-Bambuck et le complexe omnisports du même nom, composé de trois salles – tennis de table, 600 m^2 ; boxe, 400 m^2 ; dojo, 150 m^2 – et d'un terrain de football dont le jardinier doit être en arrêt maladie, se dit Victor en enjambant un grillage rouillé et en foulant l'herbe grillée de ce pré mal entretenu.

Il n'a pas le temps de creuser plus loin : un homme le siffle. Il se tient là, derrière les poteaux de but les plus éloignés de l'entrée. Victor le rejoint en souriant, buste droit, démarche énergique – plaire, il faut plaire.

Poignée de main ferme, puis l'homme l'invite à s'asseoir à côté de lui.

– Il y a vraiment, commence l'entraîneur, quelque chose de plaisant à s'asseoir ici, et à regarder les buts à l'intérieur d'autres buts. On devient pour ainsi dire l'objet que les joueurs essaient, pendant une heure et demie, de faire entrer, on se chosifie, et puis on prend du recul sur tout ça. La compétition. Le sens même du sport, son essence. D'ici, poursuit Forgeron, tout prend un aspect différent, abstrait, quasi mystique. Tu en penses quoi ?

Victor approuve sans comprendre.

– Ne me regarde pas, reprend Forgeron après un silence. Fixe l'autre but, voilà. Le terrain n'est plus un terrain. Tu es à la fois le ballon et le cadre… Tu rêves de quoi, Victor ? De le marquer, ce but ? Ou de devenir ton but ? D'éteindre la lumière, ou d'éclairer l'obscurité ?

Victor ne se demande pas s'il a affaire à un fou, ou à un gourou. Après avoir jeté les phrases qu'il avait répétées devant sa glace, il improvise comme il peut. Être le but. Éclairer l'obscurité. L'autre sourit, visiblement satisfait. Lorsque Victor a terminé, Forgeron lui tend la main.

– Bienvenue, prononce-t-il sentencieusement en lui broyant les phalanges.

3

Trois semaines après cette poignée de main ayant valeur de contrat, Victor va devenir le nouveau fils préféré d'un entraîneur qui mise autant sur un potentiel que sur une histoire – ce garçon sorti du ruisseau, débuts difficiles, pas vraiment de mère, ce petit gars que rien ne prédestinait au haut niveau, quel storytelling, une mine d'or pour les sponsors et les magazines.

Victor regarde à présent deux déménageurs professionnels vider sa chambre de sportif-étudiant, et charger toute sa vie – sept cartons double épaisseur pesant chacun moins de 15 kilos – dans un utilitaire vert et blanc, direction le Nord, et la résidence flambant neuve qu'il partagera avec des étudiants d'école de commerce.

– T'es heureux ? demande Forgeron en arpentant les 19 mètres carrés immaculés qu'il loue à Victor, cf. l'article 11 de leur convention, quinze pages finalement signées en bonne et dûe forme.

– Trop, répond Victor, qui a posé son sac de sport à ses pieds et laisse traîner son regard dans la pièce, sur le sol, le plafond, les murs, et paraît aussi déboussolé que ses sept cartons ont l'air perdus au milieu du salon-salle à manger.

– Orienté sud-ouest, en plus, fait Forgeron après avoir dégainé son portable et joué avec l'application boussole. Le top ! Ils t'ont rappelé, pour le lit ?

– Il arrive entre 15 et 19.

– Génial ! Tu vas pouvoir pendre ta crémaillère demain.

Forgeron parti, Victor s'amuse avec les interrupteurs. Puis avec le boîtier qui permet de régler la température des pièces. Puis avec les volets roulants automatiques. Enfin, il s'assoit sur l'un des cartons. Se demande ce qu'il va pouvoir accrocher aux murs pour que tout ce blanc cesse de lui donner le vertige. Poster de Carl Lewis ? Affiche de Magritte, le peintre préféré de son père ? Photos ? La pièce de vie aussi, il va falloir la meubler – en empruntant au passage la Clio de Maël, dont il s'est rapproché géographiquement en montant vers le Nord. Et les placards, il va falloir les remplir ; pâtes, riz, beurre, essuie-tout, sacs-poubelle, et tutti quanti. Cuisiner dans sa cuisinette – il allume l'une des deux plaques de cuisson en vitrocéramique, qui rougit instantanément. Nettoyer les vitres – il passe un doigt sur le carreau de sa chambre, dont la pulpe devient grise.

Victor ignore par quels états, par quels tourments il va passer. Il est jeune, doué, déterminé mais relativement naïf, il pense que sa bonne étoile ne peut pas pâlir, mais voilà, elle est tellement complexe, la vie, tout à la fois plume d'oiseau et instrument de torture, couette en duvet d'oie et bombe à fragmentation, cœur gravé sur un tronc de hêtre et feu de forêt criminel, abécédaire poétique et discours négationniste, confiture fraise-litchi et page Wikipédia recensant les personnes mortes d'un cancer du pancréas, lumière ambrée, ténèbres bancales, dunes blanches et foyers d'accueil médicalisés, il faut la prendre avec soi, toute cette complexité, toute cette pagaille, ce yang, ce yin, toute cette beauté inexplicable, se dire qu'un jour les portes automatiques s'ouvrent en grand sur votre passage mais que, le lendemain, elles peuvent demeurer closes – et pour peu qu'un homme de ménage ait fait du zèle, qu'il ait rendu cette porte absolument transparente, on peut s'y écraser, oui, se la prendre en pleine figure.

Danuta est en retard d'une bonne demi-heure à notre rendez-vous sur FaceTime. Adossée à un mur, les joues roses, elle m'explique qu'elle se sent prête pour les championnats de France Élite. Physiquement et moralement.

– Les Élites, c'est aussi une autre exposition médiatique, fait-elle.

– Le début de la célébrité, alors…

Elle hausse les épaules, elle est déjà célèbre en Inde, glisse-t-elle en souriant.

Mes sourcils se froncent, alors elle raconte. Les championnats d'Europe par équipe, Chorzow, Pologne. Ses 56,59 m. Et la gloire. Pour d'obscures raisons, la compétition a été retransmise en Inde. Dès le lendemain, elle a reçu des dizaines de messages d'Indiennes et d'Indiens sur son compte Facebook, des *Congratulations*, des *Wonderful girl. Would you marry me ?* lui a écrit un monsieur Maheshpur qui, sur sa photo de profil, jongle avec deux balles rouges.

– C'était magique, glousse Danuta.

4

La Team Eleven, structure sportive professionnelle 100 % privée, concurrence les établissements publics en offrant une alternative de formation très performante. Orientée d'abord vers le ski, elle s'est ouverte à l'athlétisme, ce qui a très vite provoqué des inquiétudes au sein de la Fédération française et des instituts, qui craignaient évidemment de se voir voler leurs meilleurs éléments. Véritable entreprise, la section athlétisme de la Team Eleven gère un budget annuel de six millions d'euros, dix-huit salariés, dont deux kinésithérapeutes, un nutritionniste, une chargée de communication, trois entraîneurs-assistants « sectorisés » (sprint, lancers, sauts), et puis Franck Forgeron. L'entraîneur en chef. La vitrine. Le maître-penseur. Ou, selon l'humeur des dix-sept athlètes qu'il encadre : Papa, Jésus, le Cinglé.

Les entraînements sont-ils plus intenses qu'à l'Institut ? Plus éprouvants ? Plus difficiles ? Essayez de comparer un poêle à bois et un radiateur électrique, vous dirait

Victor après avoir repris son souffle ; même si tous deux produisent de la chaleur, cela n'a rien à voir.

Voilà Forgeron au beau milieu de l'immense terrain qui entoure la piste : il hurle dans un porte-voix tandis que ses protégés s'agitent dans tous les sens.

– Être un athlète, c'est mettre son cœur sur la table, à chaque fois ! Alors bougez-vous le cul ! Au moindre faux pas, la porte se refermera ! Il n'y a que le petit nouveau qui court ? Oh, les autres, vous faites quoi, bordel ?

Un jeune homme de taille moyenne, corps imberbe, torse d'haltérophile, nuque de taureau, se prend la tête à deux mains. *He's crazy*. L'entraîneur devient rouge :

– Zatov, t'as oublié que je lis sur les lèvres et que je parle anglais ? Tu me fais trente pompes maintenant !

Zatov montre ses dents pointues, puis s'exécute.

Cinq minutes plus tard, Jésus réunit son troupeau autour de lui. Les corps sont fatigués, pliés à l'équerre, mains sur les genoux.

– Vous êtes des putains de privilégiés, ici, psalmodie Forgeron, essayez de vous en souvenir. Allez, on reprend ! Si vous êtes fatigués, rentrez dans votre putain de pays et laissez la place à d'autres !

Il conclut son sermon en frappant ses mains, hop, dispersion.

5

Victor est tombé sous le charme. Il s'entraîne plus, transpire plus, donne plus, fait tout pour lui plaire, obtenir un compliment ou un simple pouce levé. Les plus anciens le préviennent, lui expliquent qu'ici, on peut en un instant passer du statut de chouchou à celui de paria.

– Méfie-toi, petit : il est dangereux, ce type, souffle Kostas, colosse d'origine lituanienne, petits yeux fendus, pas de lèvres, lanceur de poids de vingt ans, 120 kilos, 1,94 m sous la toise, la psyché cabossée par le chaud et le froid soufflés par Papa. Il en a brisé un paquet, il en brisera encore…

Victor acquiesce. Il manque encore de recul, alors les phrases glissent sur lui.

– Tu ne me crois pas ?

Ils sont à la cantine, face à face. Kostas croque dans une pomme rouge, Victor finit lentement son assiette de pâtes.

– Si, si, souffle Victor entre deux bouchées.

– Tu crois que tu es plus fort que nous parce que tu as connu un ou deux coachs un peu bizarres dans ton Institut ? Lâche l'affaire. Forgeron, c'est deux niveaux au-dessus. Un jour, il te piétinera, et ce sera quand tu t'y attendras le moins. Il te mangera de l'intérieur. Alors tu repenseras à ce que je suis en train de te dire...

Kostas pose le trognon de sa pomme dans son assiette en grimaçant. Son flanc bandé le fait souffrir, une douleur lancinante le vrille dès qu'il fait un mouvement, et le condamne pour une semaine encore au banc de touche.

– Tu souffriras, comme tout le monde.

Après quoi il quitte la cantine, laissant Victor seul devant son plat de nouilles.

6

Au bout de quatre semaines, un premier coup de tonnerre. Kostas profite de l'absence de Forgeron, qui tourne dans un spot publicitaire interne pour le groupe Eleven, et d'un entraînement plus serein que d'habitude sous l'égide des assistants, pour demander un peu de silence dans le vestiaire.

– Les gars, hé, taisez-vous deux minutes !

Un slip vole au-dessus de sa tête. Quelques rires, mais les voix s'étouffent vite. Kostas se racle la gorge puis commence à voix forte :

– Je pars à la fin de la semaine.

Ses mots ont glacé le vestiaire. L'heure n'est plus aux slips volants. Ces athlètes partagent tout, ou presque. Le vent et la peine, les risques et la pluie, ils vivent entre eux une bonne partie de l'année, ils espèrent et désespèrent, maternés par leurs kinés et leurs nutritionnistes, entourés d'égards, maltraités aussi. Quand un des leurs trébuche, c'est toute la meute qui chancèle.

– Tu déconnes ? fait Xiang.

– J'en peux plus de ce fou, sérieux, poursuit Kostas.

D'autres mots encore, mais Victor n'écoute plus. Il veut se préserver des mauvaises ondes qui émanent du jeune Lituanien. Il a peur que tout cela l'atteigne, le contamine. Il se joint évidemment au concert de claques dans le dos, mais il fait le minimum syndical.

Forgeron ne commentera pas le départ de Kostas. Il ne viendra pas au pot organisé en secret par les plus anciens athlètes de la Team et un assistant. Tout ce qu'il fera, le lendemain, c'est convoquer ses troupes à la cantine. Frotter les manches de sa chemise bûcheron. Réclamer le silence. Sortir un bout de papier de la poche arrière de son jean. Le lire d'une voix atone :

– Le sport consiste à déléguer au corps quelques-unes des vertus les plus fortes de l'âme : l'énergie, l'audace, la patience.

Silence. Papa lève les yeux de son bout de papier. Le froisse. En fait une boulette compacte. Vise Xiang, qui est désormais le doyen de la Team, et l'atteint à la poitrine.

– Jean Giraudoux, ajoute-t-il.

Nouveau silence, puis :

– Je ne retiens personne.

7

Cent jours après le départ de Kostas, la Team Eleven s'envole pour le Ribeira Brava Stadium de Madère. C'est la première fois que Victor va aussi loin, la première fois qu'il prend l'avion.

– C'est quoi, cette compétition ? demande son père au téléphone quelques heures avant le départ.

– Un petit meeting, explique Victor. C'est un peu de la dernière minute, on ne savait pas si ce serait maintenu.

La réunion de Madère a été longtemps menacée par un déficit de financement. Il y a peu, il manquait encore quatre-vingt-dix mille euros à l'organisation pour boucler un budget de huit cents mille euros, et c'est une aide directe du ministère des Sports portugais qui a permis de régler la situation. Ce sauvetage souligne la difficulté de financement des événements sportifs dont la visibilité médiatique n'est pas au firmament, et prouve au passage que l'athlétisme n'est pas un sport de riches, les stars du 100 mètres mis de côté bien entendu.

– Et tu y vas seul ?

– Non, on est six, plus les coachs et les kinés.
– Tu me ramèneras du Porto ?

La piste est de qualité, le public a rempli les gradins. À domicile, les Portugais font pâle figure. En début de meeting, deux spécialistes du 1 500 mètres, le Kenyan Kiplagat et l'Éthiopien Mekonnen, assurent le spectacle.

– Y a pas à dire, soupire Forgeron, capuche de survêtement rabattue sur la casquette en déballant une sucette, ils sont bons.

Victor acquiesce.

– Bon, champion, t'es prêt, toi ?

Qualifié haut la main pour la finale – 13,48 m avec une course d'élan à deux à l'heure –, Victor promène sur le stade Ribeira Brava un regard serein. Il est devenu le meilleur performeur français chez les juniors. Alors qu'il va basculer dans la catégorie espoirs, il peut rêver en grand – d'autant que, au regard de l'évolution continue de ses résultats, sa marge de progression reste importante. Après l'équipe de France en cadets, celle des espoirs lui tend les bras et les objectifs suivants se devinent sans peine : l'élite, les JO.

– Ta cuisse, ça va ?

– J'ai plus du tout de douleurs, coach.

– Génial.

Victor obtient la première place du concours. Il améliore au passage le record de la Team, détenu jusque-là par un triple sauteur hollandais devenu par la suite champion d'Europe – Forgeron se gardera cependant d'expliquer dans quelles circonstances il a quitté le centre, et par combien de psys il est passé après sa retraite sportive précoce et ses trois tentatives de suicide.

– C'est simple, souligne Papa en effleurant le bras de Victor après la médaille, la liesse, les embrassades et le bouquet, tu avais face à toi presque tout le gratin junior du triple saut. Et tu as marqué les esprits, mec. Tu as gravé ton putain de nom au cutter sur leur front.

8

Il est 15 h 50 quand Forgeron arrive dans la salle.

– Bon, les mecs, comme vous le savez on devait aller à Rio. Mais à cause des événements politiques, pour éviter la mauvaise surprise d'avoir à rentrer en urgence, et dans l'intérêt collectif, on a repositionné le stage. Il fallait rester en France et trouver un lieu qui rassemble toutes les conditions…

Ça chuchote dans les rangs, ça râle un peu, parce qu'ils en rêvaient tous, de Rio. Forgeron les rappelle à l'ordre en frappant dans ses mains.

– Oh ! Deux minutes d'écoute, c'est trop vous demander là ? Donc, en France, mais assez loin de notre base pour que vous puissiez changer d'air et vous concentrer. J'en ai discuté avec Séb, avec la Fédé, j'ai passé quelques coups de téléphone. Donc lundi, les mecs, on part à Hendaye. Avec le grand chelem, jacuzzi, sauna, hôtel cinq étoiles. OK ?

Applaudissements téléguidés.

– À part ça, je vais plus pouvoir vous appeler « les mecs », les mecs. Parce que…

Monica, une lanceuse de poids de seize ans, 1,82 m et 116 kilos, dont le visage est aussi expressif qu'un annuaire téléphonique, est présentée au groupe.

– Notre première fille, dit Forgeron en faisant craquer les articulations de ses doigts. Elle vous mettra minables, messieurs, comptez sur elle. Une pluie de titres sur la scène internationale, voilà ce qu'elle va nous rapporter. Qui me file un coup de main pour improviser un vestiaire féminin ?

– La nouvelle chouchoute, souffle Xiang à l'oreille de Victor.

Les sauteurs ont ensuite droit à un entraînement spécial : une partie de football américain.

– Rio, putain, soupire Xiang en jonglant avec le ballon.

– Y aura d'autres occasions, tempère Victor.

Forgeron les rabroue sèchement : on ne papote pas quand on bosse. Vingt pompes chacun.

9

Réunion de La Chapelle-sur-Erdre, stade du Buisson-de-la-Grolle. Entame timide, avec un saut mordu et un autre médiocre, mesuré à 13,02 m. Mais Victor améliore sa marque au fil du concours, finissant neuvième pour son premier meeting chez les espoirs – tandis que le champion d'Ille-et-Vilaine s'offre le scalp du champion de France espoirs en titre.

Le lendemain, Victor a droit à trois lignes dans le quotidien local. Le journaliste le décrit comme posé, calme, discret, réfléchi. Il a les qualités pour réussir, ajoute-t-il, et devrait vite se rapprocher des 15 mètres. Quant à Forgeron, il se contente de souligner son manque de technique. Pas terrible, conclut-il – redescendu de son nuage aussi vite qu'il y était monté, Victor met des heures à s'endormir, mimant des sauts depuis son matelas trop mou.

Réunion de Sète, complexe du Lido. Victor franchit 14,33 m. Il jubile : tant pis pour le classement, les sensations étaient excellentes. Cette marque n'est pas encore suffisante pour se qualifier aux championnats de France espoirs indoor : il occupe le vingtième rang de sa catégorie, or seuls les seize premiers sont retenus. Restent deux compétitions pour grimper d'au moins quatre places.

Dans l'autocar du retour, Forgeron demande la parole.

– Victor, hurle-t-il, tu as assuré ! Vous l'applaudissez les gars ? Vous l'applaudissez !

Meeting de Moselle. Pas de chichis, pas de présentations kitch, mais du rythme, un savant mélange de jeunes pousses et de stars internationales, et même une retransmission en live-streaming gratuite – initiative rare en ces temps où l'athlétisme se perd dans des règles absurdes imposées par les chaînes payantes et validées par un président de l'Association internationale des fédérations d'athlétisme, qui a bradé l'âme de son sport au monde de la finance. À Metz, la championne du monde espoirs réalise la meilleure performance de l'hiver au triple saut en s'imposant avec un bond de 14,67 m, tout près du record d'Europe. À Metz, Victor, diminué par une angine, ne valide qu'un seul essai, malheureusement en deçà des 15 mètres. Pas de championnats de France en salle.

– Tu te rattraperas cet été, lui lance Tonio dans les vestiaires.

Quant à Forgeron, il shoote dans une bouteille d'eau, que Victor évite de justesse.

Réunion de Fontainebleau. Victor se réveille dans une chambre d'hôtel sans charme. Il ne sait pas quelle heure il est. Derrière les rideaux, derrière les volets, il fait grand jour. Il ouvre la fenêtre. Il se sent nauséeux. La veille, une migraine ophtalmique l'a mis KO. La veille, Forgeron l'a traité de pédale.

Il rêvait d'un entraîneur rigoureux et proche de ses athlètes, capable de créer un environnement propice à leur éclosion. Il espérait secrètement un fabricant d'harmonie, un créateur d'émulation. Il espérait au fond un coach-mentor, un coach-ami, qui aurait dégainé un *check* différent pour chacun de ses poulains. Forgeron souffle le chaud, puis le froid, en ayant l'air d'y prendre un certain plaisir. Il distribue bons et mauvais points avec outrance. Il monte parfois ses protégés les uns contre les autres. Mais il a sans doute raison.

– Ce type, c'est vraiment le meilleur, lance Victor au miroir de la salle de bains, en serrant les poings.

10

Il fait chaud et clair, le ciel est lumineux, d'un bleu coupant, acide. Deux athlètes fluorescents marchent côte à côte sur la piste, près des starting-blocks : Victor et Tonio. Le second, coureur de 60 mètres aux allures d'Antonio Banderas, n'a plus une once de confiance en lui depuis que Forgeron lui préfère un gamin cabossé par les années de prison d'un père dealer de marijuana, et qui a comme principal mérite de résister à ses harangues. Tonio souffle à Victor de faire attention, Papa est de mauvais poil. Il a même réussi à faire pleurer Monica, la stoïque lanceuse de poids. Victor hausse les épaules. Il ignore que l'entraîneur vient d'apprendre qu'une de ses anciennes stars, renvoyée six mois plus tôt, a tenté de se défenestrer, et que sa statue d'empereur chez Team Eleven vacille, même si aucun lien n'a été établi entre le coach et la tentative de suicide.

– OK, je ferai gaffe.

Quand Victor effectue son premier saut de la journée, un saut moyen, il se fait aussitôt aboyer dessus par le mégaphone, jusqu'à se retrouver aussi pâle et piteux que ce jour où sa mère l'avait oublié au rayon presse du supermarché – il s'était retourné en agitant un magazine à la couverture colorée, et elle n'était plus là. Victor a du mal à avaler sa salive. La chaleur lui a donné une soif terrible. Il sent le sol bouger, et puis…

Quand il reprend connaissance, il a une serviette humide sur le front, et le visage souriant de Forgeron au-dessus de lui.

– Tu t'es évanoui. C'est rien, ça arrive.

Il fronce les sourcils, semble réfléchir un instant.

– Je vous ai demandé un trop gros effort par cette chaleur, pas vrai ? Comment tu te sens, maintenant ?

– Mieux, murmure Victor.

Sa tête ne tourne plus, mais il a honte. Papa le force à s'étendre à nouveau et remet la serviette sur son front.

– Je vais te chercher des glaçons ?

– Non, ça ira, merci.

Le lendemain, au Trophée EDF de Calais, encouragé par l'attention de Forgeron, Victor finira troisième d'un concours assez relevé. Un pas de plus vers les championnats d'Europe espoirs, un pas de plus vers l'objectif de l'année. Il a peut-être compris, se dira-t-il en serrant la main que lui tendra son entraîneur, que ce n'est pas en me houspillant qu'il obtiendra quelque chose. Forgeron le mettra de nouveau à genoux dès le mardi suivant. Pour son bien.

11

Les concours se suivent et ne se ressemblent jamais. Les résultats de Victor sont en dents de scie, tout comme son moral. La veille du meeting régional le plus important de la saison, à Hirson, en pleine course d'élan, Victor reçoit un coup de poignard dans la cuisse et tombe comme un cheval foudroyé par la balle d'un fusil. Forgeron balance un coup de pied dans une canette de boisson énergisante, le kiné grimace, le médecin fronce les sourcils. Le verdict tombe après une échographie avec sonde haute fréquence, puis une IRM : déchirure des ischio-jambiers. La chirurgie n'est pas nécessaire, mais il faudra trois mois d'arrêt complets. Au minimum.

Victor craint l'ire de Papa ; ce sont des mots caressants qu'il reçoit, comme au premier jour.

– Repose-toi, petit, et reviens-nous en forme.

Le soir, il lui fait même livrer une pizza quatre fromages au studio.

Victor ouvre la fenêtre, l'air vif le gifle. C'est déjà la nuit. Il se sent nauséeux, ridicule. Toute la soirée, il s'est contenté de fixer l'écran de son téléphone. Trois mois, ça va être long. Il finit par appeler son père. Il ne lui a jamais vraiment raconté tout ce qui se passait au sein de la Team, les méthodes de leur protecteur, se contentant d'évoquer une ambiance à la fois joviale et militaire. Cette fois encore, il n'entre pas dans les détails, ne rapporte pas les mises en garde de certains camarades.

– Tu devrais t'aérer un peu, dit le père, qui lit entre les lignes. Tu le vois toujours, ton ami Maël ?

– Bien sûr.

– Appelle-le, va boire un verre avec lui. C'est un ordre.

Comme le père lui a peu donné d'ordres depuis sa naissance, Victor obéit sans sourciller. Et Maël répond présent.

Selon toi, ai-je demandé à Danuta par texto, *quel est le mot-clé de la performance ?*

Elle a d'abord répondu par un seul mot : *l'équilibre*.

Deux minutes plus tard, je reçois la suite de sa réponse : *Dans le geste, bien sûr. Mais aussi dans la tête. Si un sportif veut être performant, il doit être équilibré. On ne peut pas venir à l'entraînement ou en compétition en traînant des casseroles, des problèmes qu'on n'a pas réglés… C'est de l'auto-sabotage. Et c'est le meilleur moyen de se blesser.*

12

– Je connais, dit Rachel, un bar qui va vous plaire.

Personne n'émet de veto, alors l'Américaine mène la troupe à travers la ville, rues étroites, ruelles taguées, escaliers en béton.

– Mais où tu nous emmènes ? s'inquiète Calypso.

Un bar en toit-terrasse. Un monde tout droit sorti des rêveries de fêtards habitués aux nuits d'Ibiza, mobilier design, bouées suspendues, vue imprenable. La musique n'est pas trop forte, mais tout n'est pas parfait, ça manque de tables, et les voilà qui errent en quête d'un coin qui les abriterait tous les cinq – Rachel, Calypso, Marthe, et puis les deux garçons, Maël et Victor.

Soudain, un groupe libère un vaste canapé et un fauteuil : Rachel se précipite, chipe une chaise supplémentaire, fait signe aux quatre autres de s'approcher, voilà, les filles sur le canapé, Maël sur la chaise et Victor sur le fauteuil, à côté de Calypso, c'est parfait. Un jeune serveur à catogan vient prendre leur commande : trois Heineken pression et deux verres de sauvignon blanc.

Les boissons arrivent vite. Ça trinque à la vie, à la nuit, Victor trempe ses lèvres dans la bière fraîche, il se sent déjà un peu saoul. Rachel s'éloigne pour prendre quelques photos. Marthe et Maël, qui sont dans la même école de commerce, parlent des enseignants qu'ils ont en commun. Alors Calypso et Victor n'ont pas d'autre choix que d'engager la conversation.

– Moi aussi, j'étais à l'Institut avec ton frère, dit-il. Enfin, c'est surtout Maël qui le connaît.

– Je sais, fait-elle. Le monde est petit. D'ailleurs je t'ai déjà vu sauter dans un concours.

– Ah bon ?

La conversation est facile, légère. Le temps passe vite. Et puis arrive le moment où il faut lever le camp. C'est Maël qui lance le mouvement : il les aime bien, enfin, certains plus que d'autres, hein, mais le lendemain il doit se lever tôt. Hasard ou mise en scène subtile de leurs camarades, Victor et Calypso marchent à l'arrière du peloton. Tout naturellement, lorsque les chemins se séparent, Victor décline la proposition à quatre roues de Maël et choisit de rentrer à pied. Tout naturellement, lorsque les chemins se séparent, Victor raccompagne Calypso.

– Je n'ai jamais, raconte-t-elle, fait partie des chanceux à qui la vie offre des trésors perdus dans la rue. J'ai jamais trouvé de billet sous un banc, de pièce sur un trottoir ou de bague sur la plage. La seule fois où j'ai trouvé quelque chose, c'était un paquet de cigarettes à moitié plein – je venais d'arrêter de fumer. Mais je ne désespère pas. D'ailleurs j'aime bien marcher comme ça, les yeux collés au sol…

Victor sourit.

– Quand tu lèves les yeux, ça va ?

– Ben oui… Je crois. J'aime bien ma vie. Et toi ? L'athlétisme, c'est ta vie ?

– Pas en ce moment, répond-il en passant une main sur sa jambe, je suis blessé. Mais sinon… Oui.

Il sort les mains de ses poches. Alors qu'une femme et son teckel, tous deux en manteau de fourrure, les doublent, il explique que son existence est monomaniaque, monothéiste, mais pas monotone. Entraînement, compétition, entraînement, compétition. Quand il ne saute pas dans un stade, il regarde des émissions sportives, visionne au ralenti les triples bonds de champions, lit les pages « athlétisme » de *L'Équipe*.

– Wouah, souffle Calypso, j'aimerais être comme toi, avoir une vraie passion…

Victor explique en se triturant les mains que cela va au-delà. Le sport, c'est comme une religion.

Vous êtes aussi attachant qu'étrange, monsieur Valétudié, songe Calypso.

Des mots, encore des mots après ça, des tas de mots qui s'échappent de la bouche de Calypso et de Victor, des mots sur le trottoir et des mots sur le passage piéton, des mots sous un lampadaire et des mots devant un magasin qui ne vend que des huiles d'olive, des mots qui réchauffent, qui jaillissent, qui emportent, qui osent, des mots en pagaille, doux. Et puis :

– Voilà, dit-elle soudain en ralentissant, puis en s'arrêtant tout à fait devant une grande porte verte, sur une esplanade bétonnée dépourvue de charme, je suis arrivée.

De l'index, elle caresse la joue de Victor. Il lui rend timidement la caresse. Ils s'appuient contre la porte verte, se tournent l'un vers l'autre. Un baiser bref. Ses lèvres sont un peu sèches, se dit-elle. Ses lèvres sentent l'amande, se dit-il. Elle effleure sa nuque, sous les mèches rebelles qui mériteraient de croiser la route d'un coiffeur, dessine des cercles du bout de ses doigts. Un baiser plus long, puis elle lui souhaite une bonne nuit – il répond « idem » après un silence. Il fait déjà jour, la nuit est partie sans dire au revoir. Peu importe, pense Calypso, peu importe, se dit Victor : elle reviendra dès ce soir.

Ce petit matin-là, Victor ne se hâte pas de rentrer. Il continue à sillonner la ville.

13

Kinésithérapie avec électro-physiothérapie et drainage. Orthèse élastique forte de contention de la cuisse. Repos. Dans trois mois, il pourra entamer la réathlétisation, il reprendra l'entraînement militaro-pervers, la tournée des meetings. Bref, il a du temps.

Les cours sont presque terminés. Dans trois mois, elle commencera un long stage au siège londonien d'une grande entreprise de développement, d'édition et de distribution de jeux vidéo ; chargée de recrutement et des relations écoles, elle définira les besoins de recrutement avec les opérationnels, rédigera des annonces, identifiera les bons canaux de diffusion, effectuera le *sourcing* des CV. Bref, elle a du temps.

C'est une histoire d'amour en accéléré que la vie leur offre, une histoire qui démarre dès ce soir où ils se caressent la joue avant de se souhaiter bonne nuit à l'aube. Ils se revoient dès le lendemain, elle l'attend sur la Grand-Place dans la plus parfaite décontraction, dont témoigne, chez Calypso, une absence de maquillage et de préjugés sur ce sportif un peu gauche avec les sentiments. Elle achève de le séduire en s'affichant ainsi, dans sa mise la plus simple, avec ce tee-shirt beige aux reflets bleus qui a dû être victime d'un accident de lavage.

Sur la suite de la journée, voici tout ce qu'il faut retenir :

1) Dans le restaurant italien où elle l'emmène, décor traditionnel, pâtes fraîches artisanales, les gnocchis au beurre de sauge sont les meilleurs jamais mangés – à moins que l'on possède une grand-mère napolitaine.

2) La courte nuit ne ralentit pas le débit de voix de mitraillette de la jeune fille, pas plus que la capacité d'écoute du jeune homme.

3) Elle aime qu'on la courtise ainsi, maladroitement, qu'on la regarde ainsi, avec une sorte de timidité fébrile.

4) Il n'est déjà plus vraiment question d'une amourette de bar.

5) Il ne tente rien. Mais il est récompensé par un nouveau baiser.

14

Victor subit sans broncher l'échographie de sa lésion musculaire. Le médecin, croix de vie égyptienne tatouée sur la première phalange de l'index gauche, sent la cigarette et ne prend pas le temps de lui dire bonjour, c'est expédié en dix minutes, oui, monsieur Valétudié, la déchirure est finalement assez légère, non, jeune homme, la carte Vitale, vous auriez dû la présenter à l'accueil.

À 18 heures, il ose un texto à Calypso – qui répond cinq minutes plus tard, elle n'a rien de prévu ce soir, ils peuvent se retrouver vers 20 heures pour boire un verre. Victor sourit en lisant la réponse. Une transformation est en cours, trahie par de menus détails dont on pourrait faire minutieusement le compte.

Ensuite, il se force à envoyer un SMS à son coach. Forgeron ne répond pas au compte-rendu médical ; il a certainement dégoté un sauteur serbe ou vénézuélien plus jeune, plus résistant que lui, et ça vrille aussi le cœur de Victor, mais pas de la même façon.

Il ne se passe rien de plus ce soir-là, verre-hamburger-verre, un baiser, mais ce rien-de-plus fait briller leurs yeux. Cette fille est si drôle, si singulière, se dit Victor ; le moindre sourire, le moindre froncement de sourcils suffisent à lui faire perdre toute contenance. Quant à Calypso, elle est désarçonnée par cet adulte-enfant tout à la fois minuscule et surdimensionné, ce garçon solide et fragile, dont elle perçoit autant la force que les fêlures.

Victor épate Calypso, qui épate Victor.

Ce soir-là, et les jours qui suivent, il y a cet équilibre insensé, cette alchimie folle, qui fait que quand on les observe ensemble, dans les allées d'un parc ou sur un large trottoir, on ne trouve rien à redire, malgré le 1,50 m de la fille et le 1,86 m du garçon, rien à dire à part : ils ont l'air amoureux.

TROISIÈME SAUT

1

Ils sont sur le canapé du salon. Elle a les pieds posés sur son torse. Ils viennent de finir un plat de coquillettes-jambon. Coldplay chante son *Scientist.* Une conversation intime représente l'un des plus grands plaisirs que la vie peut offrir, mais pour qu'une telle discussion remplisse ses promesses, il faut un partenaire qui sache écouter puis se confesser à son tour – donnant, donnant. Il faut aussi du temps, suffisamment de temps pour aller au fond des choses. Enfin, il convient de trouver un lieu adéquat. Tout, ce soir, est réuni. Le visage défait, Victor s'ouvre à Calypso. La Team Eleven, d'abord, les compliments et les invectives, les caresses et le mégaphone.

– Ce type ne te mérite pas, souffle Calypso en fronçant les sourcils.

– Ouais… Il a souvent raison, tu sais. Et il fait ça pour notre bien.

– Tu parles.

Elle se rapproche de lui tandis qu'il raconte, maintenant, son enfance en duo, son père doux et taciturne, sa mère sur courant alternatif qui oublie deux années sur deux la date de son anniversaire, mais n'effacera jamais de sa mémoire la recette du « vrai » punch planteur.

Calypso lui attrape la main gauche.

– Je me souviens, dit-elle, d'une phrase qu'a prononcée un jour mon grand-père. Nous étions dans le sous-sol de sa maison. Je le regardais réparer la roue voilée de mon vélo. Il m'a dit, la vie est ce que tu en fais. Peut-être cette roue voilée a fait remonter des souvenirs. En tout cas, je n'ai jamais oublié sa phrase.

– Il est toujours vivant, ton grand-père ? demande Victor.

Elle lâche sa main.

– Crise cardiaque l'année dernière, murmure Calypso. Mon premier grand deuil.

Une conversation intime est un miracle qui peut se briser aussi facilement qu'un ballon de sucre soufflé. Le téléphone portable de Victor se met à vibrer dans sa poche, et le jeune homme l'en sort pour regarder qui le dérange aussi tard : c'est Forgeron.

– Désolé, je dois décrocher.

Victor se lève du canapé et s'isole un moment dans la salle de bains, par réflexe, alors que la conversation n'est en rien classée secret-défense. C'est bizarre, songe Calypso en débarrassant les reliefs du repas, couverts dans l'évier, dernières coquillettes dans la poubelle, carton à part, on trouve un garçon à son goût, ça tangue et ça palpite, on se dit même qu'on pourrait passer une vie entière à ses côtés, choisir avec lui une paire de ballerines, un appartement, un siège bébé, on se trouve un peu ridicule de le penser mais c'est un fait, il y a, comment dire, absolue compatibilité, comme dans ces jeux au collège où l'on additionnait des points déduits des prénoms des couples pour savoir s'ils avaient de l'avenir ensemble, hop, 26 % ça veut dire qu'il faut le larguer, 91 % vous allez vous marier, mais voilà, il y a autre chose, autre chose de plus grand qu'eux, il y a ce sac de sport qu'il porte en bandoulière, et puis tous ces poids qui lestent ses poches, elle ne sait pas, elle ne sait vraiment pas si elle saura lutter contre tout ça.

Victor revient s'asseoir sur le canapé, penaud. Ses grandes jambes viennent entourer le pied de la table basse. Le lendemain, il doit être à l'entraînement à 06 h 45.

2

Le cou endolori, les yeux brûlants, Victor dévale les quatre étages de l'immeuble de Calypso. Premier bus, second bus, voilà la salle d'entraînement. Il est inquiet de ce qu'il va trouver derrière la porte : un Forgeron à la splendeur céleste ou bien un démon écarlate ? Ils se croisent dans les vestiaires. La voix est grave, réfléchie, assez froide :

– Courte nuit ? demande Forgeron.

Le oui de Victor est minuscule.

– Tu me déçois vachement.

Victor vient de recevoir un coup de poing dans l'estomac. À ses pieds, sur le plancher, gisent son courage et sa volonté.

Plus tard, Forgeron, tout sourire, entame son sermon :

– Vous agissez comme des consommateurs, lance-t-il, vous prenez ici ce qu'il y a à prendre, vous pompez tout ce que vous pouvez, et puis bye bye, à la prochaine. Vous ne me donnez pas envie de me défoncer pour vous. Prouvez-moi que je me trompe, donnez-moi autant que vous recevez, OK ?

Certains hochent la tête, d'autres sautillent, le regard vissé à leurs pointes. Il enchaîne :

– Vous n'êtes pas assez investis. Il y a trop de choses qui vous volent de l'énergie, à l'extérieur. Vos mecs, vos copines, votre libido… C'est pas vos hormones qui vont remporter des médailles !

Le cœur de Victor se soulève.

– Si vous ne voulez plus vous battre, si vous préférez batifoler, si vous ne vous donnez pas à 1 000 %, je ne vous retiens pas, OK ? Allez, hop, hop, hop, on démarre ! Aujourd'hui, objectif travail des appuis.

Le groupe s'élance pour deux tours de stade. Réalise plusieurs sprints de 60 mètres. Enchaîne sur des gammes simples, monters de genoux, talons-fesses, accélérations. Forgeron siffle, corrige, griffe, félicite.

Après les gammes, il présente la suite de la séance, à base de montées de marches. Montées rapides avec un appui par marche, sauts de doubles marches en position squat, sauts pieds joints avec jambes tendues, sauts doubles marches rapides. Le groupe répète ce circuit quatre fois.

– Allez, bordel ! encourage Forgeron en frappant des mains.

Il s'approche de Victor. Plante ses yeux dans les siens :

– Valétudié, t'es pas avec nous, donc tu rentres chez toi.

Victor sursaute.

– Allez, du vent ! s'écrie Forgeron en agitant la main, on a du travail, nous.

3

Les semaines passent. Un soir, Calypso allume l'halogène pour que Victor puisse continuer à lire *Athlétisme magazine*. Il la remercie mollement.

– C'est bien, ce que tu lis ?

– Ouais. Ils comparent les électro-stimulateurs.

– Les quoi ?

– Les appareils électriques pour tonifier les muscles. Apparemment, on a le top du top chez Eleven.

– Cool.

Au début, il se confiait, il se livrait. Dans les longs messages qu'ils s'échangeaient, dans les longues conversations qu'ils avaient avant de s'endormir côte à côte, il lui racontait tout, son père, sa mère, ses débuts dans l'athlétisme, la foi qui le porte, cette confiance qui lui fait déplacer des montagnes pour son sport mais dont il manque cruellement pour tout le reste, sa timidité qui le handicape au quotidien alors qu'il est si à l'aise dans un stade, ses doutes, ses complexes, ses paradoxes. Elle sentait que la « méthode Eleven » ne lui convenait pas, que l'attitude de Forgeron était tout sauf bienveillante, mais elle n'osait pas aborder le sujet frontalement puisque Victor porte ce type aux nues malgré les blâmes et les vexations. Et puis Victor s'est refermé d'un coup. Ses SMS sont devenus plus courts. Les conversations utilitaires, on dort chez toi ou chez moi, tu veux manger quoi, on offre quoi à Maël pour son anniversaire. Elle a d'abord mis cela sur le compte de la fatigue. S'il répondait à côté, ou ne répondait pas, c'est qu'il avait tout simplement la tête ailleurs, en train de corriger un mouvement, de rectifier une trajectoire de course.

Elle ne sait pas que Forgeron lui a parlé, l'autre jour, leur a parlé à tous, a jeté qu'il n'y avait pas de place pour l'amour dans leur vie, et que ce discours a perturbé Victor, au point qu'il a envisagé de rompre. Mais Calypso entend le bourdonnement de ses doutes. Et il devient pénible, ce bourdonnement, aussi pénible que celui d'un vieux frigo dans un studio d'étudiant. Alors, ce soir-là, elle se lance :

– Victor, balance-t-elle en croisant les bras, debout face à lui, c'est du sérieux, nous deux ?

Il referme son magazine, passe une main dans ses cheveux, le regard dans le vague.

– Je t'emmerde avec ma question ?

Il devrait se lever, sur-le-champ. Entourer ses épaules. Elle le repousserait ou lui filerait des claques, mais elle finirait par se calmer. Par croire qu'un beau lendemain est possible. Mais il ne sait pas exprimer ses sentiments, ne sait rien faire d'autre que sauter et courir, ne sait pas faire face à la fureur liquide d'une jeune femme amoureuse. Et puis, au fond, il se demande si ce n'est pas mieux ainsi.

Quand elle lui assène froidement qu'elle préfère dormir seule, Victor regarde par terre, l'air hagard, beau comme un enfant qui a écrit sur le mur de sa chambre avec un feutre indélébile et vient de se prendre une gifle. Il ne la contredit pas.

4

Il lave son bol. Son téléphone vibre, c'est un texto de Maël. Qui lui demande comment ça va. Qui lui écrit que ça ne peut pas s'arrêter aussi vite. Victor ne sait pas quoi répondre. Bien sûr qu'il est anéanti par cette rupture. Les longs messages de Calypso lui manquent, ses blagues lui manquent, ses mains lui manquent. Mais il a réussi à se convaincre que c'était un mal pour un bien. À ce stade de sa jeune carrière, il ne doit pas s'encombrer d'une relation qui pomperait toute son énergie. C'est Forgeron qui a raison, comme souvent. Oh, il n'est pas fier de lui. Il a poussé Calypso à bout, pour qu'elle prenne la décision à sa place. C'est moche. C'est lâche. Il espère qu'ils pourront rester amis. Et redémarrer quelque chose plus tard, qui sait. Ce qu'il peut être naïf.

Un verre de jus d'orange. Un smiley pour Maël. Un texto pour son père, dont c'est la fête. Et puis c'est une nouvelle journée qui commence, dédiée au sport, dédiée entièrement au sport. Il y aura des caresses et des brimades, il y aura des hauts et des bas, mais c'est le prix à payer pour gravir d'autres échelons, monter d'autres marches, caresser d'autres rêves. Même si le cœur doit se serrer parfois, même s'il a envie d'appeler Calypso pour s'excuser, même si c'est dur, il faut serrer les dents, penser à son père qui est si fier de lui, se focaliser sur ses objectifs, voilà, il lace ses baskets, et la boule quitte son ventre.

5

Il y a toujours une bonne raison de se faire mal, pense Victor en se massant les poignets. Pour braver le grand ventre du néant. Pour oublier les rires sales qui ont planté leurs crocs dans nos muscles. Pour défier les peurs qui grignotent nos nuits. Pour tout cela à la fois, et pour tout le reste. Les premiers tours de piste l'ont plongé dans un sentiment de profond décentrage, mais il est parvenu à s'ajuster à son corps, à s'y réinstaller, à coïncider à nouveau avec sa chair. Il se sent mieux, à présent. Presque bien.

Forgeron passe à côté de lui, ne lui jette pas un regard. Il pense sans doute qu'une graine de champion n'a pas besoin de bonheur pour pousser, juste de l'effort, rien que de l'effort, toujours de l'effort, et puis de la violence aussi. Il faut les malmener, ces gamins, pour qu'ils se transcendent, leur rappeler chaque jour qu'ils ne sont rien, et que, du reste, les champions n'existent pas, seule leur discipline compte, elle les dépasse et les traverse.

Une fois encore, Forgeron vient de le mettre plus bas que terre. Lui remonte à la bouche le goût ferreux des rêves d'impuissance qu'il fait de plus en plus souvent, notamment à la veille des compétitions, où il se voit en dernière position, aucun saut mesuré, dans le désespoir de ses cris inaudibles, sans pouvoir avancer d'un centimètre.

Les gens du métier s'accordent à affirmer que les cas d'anxiété et de dépression chez les jeunes athlètes ont augmenté au cours des dix dernières années, mais les états d'âme de Victor demeure le cadet des soucis de l'ogre Forgeron – de toute façon, rien n'est prévu au centre pour s'assurer de la bonne santé mentale des jeunes, pas de cellule psychologique. Non mais sans blague. On paie déjà, et assez cher, un grand nutritionniste.

6

Sucres lents, sucres longs. Victor ingère une salade de pâtes aux crevettes, asperges, citron et poivron rouge – 322 calories, sodium 407 milligrammes, potassium 268 milligrammes, carbohydrates 43 grammes, fibres 9 grammes, sucres 2 grammes, protéines 14 grammes. Il aurait bien avalé, en dessert, quelques comprimés d'Atarax, mais le stock de tranquillisants miracles est désormais enfermé sous clé, Forgeron ayant remarqué qu'il diminuait un peu trop vite – il se le procure facilement grâce à un cousin pharmacien, mais ce dernier l'a averti qu'il pouvait y avoir des phénomènes d'accoutumance, et pas question de transformer ses champions en junkies avant qu'ils aient produit leur retour sur investissement.

Trois heures plus tard, après une séance de musculation, Victor s'enfuit pour un jogging nocturne. Ses genoux montent et descendent, son poids circule dans son corps, augmentant la pression ici, l'atténuant là, en fonction des accidents du terrain. Quant à son esprit, il passe sans cesse de Calypso à Forgeron. Il rumine, il ressasse. Il va effacer les vieux textos de Calypso, tous ses messages, pour éviter de les relire le ventre serré, pour ne plus se dire qu'il a fait une belle connerie. Il va se rendre imperméable aux humeurs de l'entraîneur, un nouveau Victor est peut-être en train de naître dans le sac étanche de sa masse corporelle, oui, là, dans ce massif boisé au sol pauvre où il termine sa journée, il se rêve rude et abrupt, retrouve la joie des premiers entraînements à la Team, le plaisir de la dépense pure. Quel beau spectacle il donne.

Mais au fil des kilomètres, ça s'étiole. La voix de Forgeron et celle de Calypso finissent par lui faire baisser pavillon. Ce jogging ne le calme pas.

7

Stadium Pierre-Quinon, meeting Élite Nantes Métropole.

– C'est des drôles de gens, ces sportifs, tu ne trouves pas ? Ils sacrifient tout, ils boivent pas, ils fument pas, ils ne font pas la fête, ils zappent leur jeunesse, bousillent leurs muscles et leurs tendons, tout ça pourquoi ? Des petites médailles, des records éphémères… Moi c'est clair, je ne pourrais pas. Et toi ?

Elle ne vient pas de loin la voix qui prononce ces mots, un ou deux rangs derrière Victor, une voix d'homme mûr, des paroles qui s'accompagnent d'un léger mouvement de la nuque, et puis la réponse, ou pas de réponse du tout, la voisine de l'homme n'a pas répliqué ou bien ses mots ne sont pas descendus jusqu'à Victor, trop faibles cette fois.

Victor se frotte l'arête du nez. Il y aurait beaucoup à dire. Des dizaines d'heures d'exercices chaque semaine, il faut en baver, c'est un chemin de croix parfois, les séances athlétiques, les bonds et les courses qui s'enchaînent, tout ça pour voler un peu, c'est une vie de sacrifices indispensables si l'on veut sortir du rang. De drôles de gens, alors ? Pas faux, songe Victor en regardant ses jambes.

Depuis trois semaines, il n'adresse plus la parole à personne. Depuis que Calypso a fait ses valises pour Londres, il est muet. Même les aiguilles de Papa ne le piquent plus autant ; il pourrait vouloir l'écraser jusqu'à ce qu'il disparaisse dans le sol, ou l'étrangler avec la corde de son sifflet, mais non, il laisse couler.

Victor n'a souri qu'une fois en vingt et un jours, lors de la séance de balnéothérapie. L'hydrothérapeute, soixante ans, voix douce et regard bleu. L'eau très chaude, mais pas trop.

– Comment vous sentez-vous ?

La question lui avait fait venir des larmes. Elle appelait une réponse sincère :

– J'ai mal.

– Où ça ?

Victor avait désigné son cœur, et avait ajouté :

– Derrière.

– Sous le cœur ?

– Oui. Pas le cœur qui bat, l'autre, derrière, celui qui se serre quand on perd.

– Vous avez perdu quelque chose, ou bien quelqu'un ? Qu'est-ce qui chagrine ce cœur arrière ?

Victor n'avait rien répondu. Alors le médecin avait tendu les bras, saisi les doigts de Victor, et, dans un mouvement lent, l'avait fait tourner, l'invitant dans un murmure à fermer les yeux. Peu à peu, l'eau l'avait rasséréné.

Plus tard, le thérapeute avait exercé une sorte de pression sur ses omoplates. Il avait chantonné pour lui-même ce que Victor avait pris pour une berceuse. Puis il l'avait ramené au bord de la piscine.

– Vous pouvez aller prendre votre douche, avait-il dit.

Il lui avait aussi glissé que, s'il souhaitait parler de son cœur arrière, il connaissait un excellent psy.

– Le corps ne ment jamais sur l'état de l'âme, avait-il conclu, avant de saluer le jeune homme d'un bref mouvement de tête.

Victor s'était senti mieux. Presque serein. Deux heures plus tard, Forgeron l'avait traité de connard.

J'ai aussi posé cette question à Danuta :

– Un athlète professionnel, c'est quelqu'un de normal, selon toi ?

– Alors là, a-t-elle répondu, bonne question ! Je dirais qu'on ne peut pas être sur le toit du monde de sa discipline en étant une personne lambda.

Être un sportif de haut niveau, c'est flirter en permanence avec les extrêmes. Et ce flirt permanent est dangereux. Il peut amener l'athlète à dérailler à tout moment. Des exemples, il y en a à la pelle, souligne Danuta. Simone Biles, Naomi Osaka, Ian Thorpe, Tom Dumoulin, Nick Kyrgios… Le sportif de haut niveau peut déraper même si son corps a consacré beaucoup d'énergie et de temps à assimiler les conditions de reproduction de ce qui s'approche le plus de la perfection.

– Tu connais Robin Söderling ?

Il a remporté dix titres en simple sur le circuit ATP de tennis – dont le Masters de Paris-Bercy, en 2010, année durant laquelle il a occupé brièvement la quatrième place du classement mondial. En Grand Chelem, il a notamment atteint à deux reprises la finale de Roland-Garros, s'inclinant simplement contre Roger Federer puis Rafael Nadal. Robin Söderling a été un immense champion, une de ces machines capables de répéter indéfiniment, avec froideur et mépris pour les simples joueurs mortels, des volées, des revers, des amorties qui n'avaient d'autre but que de terrasser ses adversaires, les détruire – car ce qu'on met toujours en jeu, dans le sport professionnel, n'est rien de moins que sa vie même, à chaque tournoi, chaque meeting, chaque rencontre.

Alors qu'il était au sommet de son art et qu'il nourrissait cette sourde et folle ambition d'être numéro un, le vernis dur et mat du champion s'est pourtant craquelé.

Söderling s'est noyé dans ses angoisses. Il s'est retrouvé, soyons précis, dans un état de profonde dépression. Membres engourdis, crises de larmes. Impression d'être aussi utile qu'un arbre mort. Désintérêt pour les séances d'entraînement. Perte du sommeil, de l'appétit. Idées suicidaires. Il s'asseyait dans son appartement et regardait dans le vide, le moindre bruit le mettait en panique. Quand le téléphone sonnait, il tremblait littéralement de peur. Et chaque défaite, même contre un joueur bien classé, même quand, objectivement, il n'avait pas démérité, l'enterrait un peu plus.

– Söderling, conclut Danuta, a fini par arrêter le tennis. Mais au moins, il a survécu.

8

Ce soir, alors que Calypso se débat avec la fermeture Éclair de sa robe à fleurs avant de retrouver ses amis au pub, Victor entame un énième footing. S'enfonce dans ce bois qu'il connaît par cœur. Se demande à qui il manque. Pas à sa mère, sans doute. Pas à Calypso, probablement. Reste son père, et Maël.

Il repense au jour où ils étaient tombés sur ce sportif qui s'entraînait au parc de l'Arbre-Sec. Que se serait-il passé s'ils avaient pris l'autre chemin, ce jour-là ? En quoi son existence serait-elle différente, ou pas ? Il s'arrête sous un arbre. Un hêtre, un chêne, un frêne peut-être, il n'y connaît rien. S'il avait un canif sur lui, Victor essaierait sans doute de graver un cœur sur le tronc. Un cœur, et puis des initiales. C'est bientôt Noël, songe-t-il. Il le passera avec son père et cette Irène qui lui fait tant de bien. Ils mangeront probablement du boudin blanc aux pommes. Ils prendront le dessert, une bûche glacée, devant la télévision. Le lendemain, ils iront marcher en forêt. Victor jouera encore la comédie, assurera que tout se passe bien, que son entraîneur est un type formidable, que le titre de champion de France indoor est à portée de main.

Adossé au frêne ou au peuplier, Victor se demande comment ce serait, attendre Noël avec Calypso. À quoi il ressemblerait, le petit sapin qu'ils auraient choisi ensemble et auraient pris soin de décorer un dimanche après-midi. Les calendriers de l'Avent qu'ils se seraient offerts, une fenêtre après l'autre, un chocolat trop sucré après l'autre, que de concert ils dépiauteraient. Tout le folklore. L'impatience aussi. Il se demande ce que ce serait, fêter Noël dans la famille de Calypso, entre sa mère sans gluten aux yeux presque transparents, professeure de civilisation britannique à l'université, et son père moustachu, physique trapu de déménageur reconverti depuis dix ans dans le professorat, lui aussi, et les cours d'anglais dans un lycée privé, de quoi ils auraient parlé, ce qu'ils auraient regardé à la télévision, non, pas de téléviseur allumé dans cette famille-là, et puis vers 23 heures la mère irait chercher un album photo qu'elle ouvrirait malgré les récriminations de la fille, et l'on verrait une mini-Calypso endimanchée, pailletée, adorable, à côté d'un sapin, Calypso mimerait la honte, personne ne se souviendrait pourquoi elle portait une cravate en cuir à élastique, d'ailleurs qu'est-elle devenue, cette cravate, le frère de Calypso s'éclipserait puis reviendrait à pas de loup, la brandirait fièrement devant eux, allez, portons cette cravate à notre tour. Les souvenirs qu'ils se seraient fabriqués, ensemble. Si Victor avait été moins bête.

9

Quand ses camarades d'entraînement lui ont proposé une virée au Sphinx, une boîte de nuit dont il n'avait jamais entendu parler, il a répondu oui : il avait besoin de se vider l'esprit. Le soir, Victor a donc rejoint Klaus, Mourad et Tonio après avoir longuement hésité entre une chemise blanche et un polo blanc. Il a aussitôt perçu la joie enfantine qui animait la troupe. Pour absorber un peu de leur bonne humeur, il a tiré sur le joint de Klaus. Et puis leur taxi est arrivé ; Tonio est monté devant, les autres à l'arrière.

– Les mecs, ça va être mortel ce soir !

– Carrément !

Klaus en steeple, Mourad aux haies, Tonio au sprint : les performances ont été moyennes, aujourd'hui. Quant à Victor, il n'a pas sauté, douleur de la face externe du genou, le fameux syndrome de l'essuie-glace. Inutile de préciser que Forgeron n'a pas été tendre avec eux. Pour passer plus rapidement à autre chose, attendre plus sereinement des lendemains meilleurs, le Sphinx sera un bon médicament.

– Atchik atchik atchik !

– Aïe aïe aïe !

– Non mais sérieux, les gars, fait Tonio, c'est quoi ce cri de guerre des années 90 ?

Victor ferme quelques instants les yeux, tandis que Tonio chambre Klaus – pour une histoire de fille, évidemment. Dès qu'il rouvre les paupières, c'est à son tour de subir les assauts de son camarade :

– Paraît que t'es plus avec Calypso, gros ?

Mais Victor n'a pas le temps de répliquer : voici déjà le Sphinx, et son puissant faisceau de lumière bleue qui circule dans le ciel nocturne. Le taxi s'arrête près de l'entrée. Tonio serre la main du chauffeur, lui dit de garder la monnaie. Ils descendent lentement de la voiture. À l'entrée, la file d'attente est conséquente.

– On est quatre mecs, j'espère que ça va le faire.

– T'inquiète, frère ! On est plus baraqués que les videurs.

Victor rit avec les autres. Depuis le début de la balade en taxi, une chanson lui trotte dans la tête. Il la fredonne en rejoignant la file, *I got a feeling that tonight's gonna be a good night.*

10

– Viens dehors, ont-ils soufflé.

Puis :

– On va s'expliquer !

– Tu réponds pas, Victor, lui a enjoint Tonio, tu les laisses foutre leur merde ailleurs, OK ?

Il a obtempéré avec difficulté, et gardé coincé dans la gorge ce que le type lui a dit après l'avoir bousculé, ce « Fils de pute » qui n'était pas vrai sans être totalement faux, parce qu'elle fait quoi, ma mère, en ce moment, s'est dit Victor, elle sert des cocktails dans un bar qui s'appelle Le Perroquet ou le Maquis, elle se laisse pincer les fesses par des vieux beaux prêts à mettre deux cents euros sur la table pour un petit massage tantrique.

Il termine cul sec son troisième Moscow Mule, *ginger beer* premier prix, vodka de piètre qualité, citron vert à deux euros quatre-vingt-neuf le kilo. Il n'a aucune raison de répliquer, aucune raison de mordre. Et il aurait dû rester avachi dans son fauteuil en simili cuir, pendant que Klaus drague une beurette à peine majeure, que Tonio transpire sur The Weeknd et que Mourad explique à deux sages-femmes qui viennent fêter leur diplôme que la vie de sportif professionnel, c'est pas simple tous les jours, hein, et que la rupture du ligament croisé antérieur du genou ça vaut un bon accouchement – moue dubitative des sages-femmes, qui ont très envie de rejoindre leurs copines sur la piste mais ne savent pas comment se débarrasser de ce lourdaud qui croit que les boules à facettes peuvent donner des coups de soleil. Oui, Victor aurait dû profiter du canapé pour somnoler. Mais tout se mélange. Forgeron, Calypso, ses récentes contre-performances, les Moscow Mule.

Et le voilà face à un verre d'alcool à 122 kilocalories, tenté d'abandonner la course, de vivre hors compétition, de renoncer à tout par la faute d'un entraîneur-tyran et d'une fille sublime. Victor se croyait roc, il est argile. Il se pensait insubmersible, il sent que les digues peuvent rompre à tout moment.

La solution : un autre cocktail ? La serveuse fait semblant d'ignorer son doigt levé. Victor pense à ce cycliste dont il a oublié le nom, et qui déclarait, trois jours après avoir abandonné le Tour de France sur blessure alors qu'il était deuxième, j'aurais peut-être regretté d'avoir gagné parce que je ne voulais pas de cette vie-là. Victor, lui, la voulait tellement, cette vie. Des podiums. Des pluies de performances. Mais ce soir, il ne sait plus.

Ah si, il sait deux choses.

Il va rompre avec Papa, trouver un entraîneur normal, c'est ce qu'il faut faire, ses méthodes ne lui correspondent pas, il n'a pas besoin d'être traîné dans la fange pour réussir. Et puis il va convaincre Calypso de lui donner une seconde chance, après lui avoir demandé pardon pour tout, s'il a freiné des quatre fers ce n'est pas à cause du sport, c'est à cause de la peur, la peur de l'abandon, la peur de finir seul, comme son père, abandonné et seul, le sport il s'en fiche, de toute façon il ne s'amuse plus durant les compétitions, ce qu'il veut c'est simplement un état mental, faire le vide, ne penser à rien. Voilà ce qu'il va faire, oui, prendre l'Eurostar, parcourir les rues de Londres, retrouver Calypso, lui dire qu'il n'y a pas d'amour impossible, juste des mauvais timings – mais là, promis, juré, craché, le timing est parfait. Reconquérir Calypso, quitter cette foutue Team, retrouver le goût du sport-plaisir, entraîner des minots, pourquoi pas, un bon job d'entraîneur de poussins, payé juste ce qu'il faut, et, tandis qu'il prête à son Moscow Mule des vertus constructives, tandis qu'il se trouve drôlement clairvoyant, tout à coup, qu'il redevient brusquement le seigneur de lui-même et du monde, l'un des rugbymen de tout à l'heure apparaît dans son champ de vision. Les regards se croisent, le mot parking est formé par ses lèvres, le type passe lentement son pouce sous son cou.

– Hey, mec, t'es tout pâle… Qu'est-ce qui t'arrive ?

Tonio suit Victor à l'extérieur, Victor suit les voix, Victor dont les réflexes sont brouillés, qui ne sent pas venir le premier coup de poing dans le dos, mais qui riposte, reçoit, réplique, allez, ça va aller, tout va s'arranger, il est si fatigué, d'autres projets vont se dessiner, d'autres meetings, d'autres victoires, Forgeron, le décapiter, Calypso, l'épouser, les coups s'abattent, pleuvent, et les vigiles s'interposent trop tard.

11

Victor quitte l'hôpital un mercredi.

Sa saison est terminée.

Ce mercredi-là, à 11 heures, Maël se gare sur le parking de l'hôpital, se signale à l'accueil puis gagne le troisième étage de l'aile C, couloir de gauche, chambre 311. Assis sur le lit, Victor joue avec la fermeture Éclair de son sac de sport.

– T'es en retard, jette-t-il à Maël lorsqu'il l'aperçoit.

Sourires de connivence. Passage par le bureau des infirmières, pour saluer celles et ceux qui ont pris soin de lui. Formalités administratives de départ au guichet n° 3.

– Pour clôturer votre dossier, j'aurais besoin de votre carte de mutuelle, s'il vous plaît, récite une jeune femme aux ongles bleus démesurés.

Victor fouille dans son sac, sort une paire de baskets, parvient à retrouver une pochette cartonnée dont il extrait deux ordonnances, une brochure où un médecin grisonnant serre la main d'un patient flou sous l'œil hilare d'une aide-soignante aux dents blanches, ah, voici la carte de la mutuelle haut de gamme offerte par la Team Eleven. L'agente d'accueil s'en saisit, renseigne les cases de son formulaire, restent à régler dix-sept euros et treize centimes.

– Carte bancaire ou espèces ?

Victor se demande un bref instant combien cette petite escapade médicale lui aurait coûté sans sa mutuelle parfaite, et si la fin de son aventure au sein de la Team signifie également la fin de sa couverture santé.

Sur le parking, ils regardent une jeune femme aux talons de sept centimètres, et au genou gauche strappé – entorse, sans doute – claudiquer jusqu'à son crossover.

– T'as une sacrée tête, mon frère, fait Maël après avoir déverrouillé les portières de sa deux-portes cabossée.

– La Team va me virer parce que le gars de la baston porte plainte, lâche Victor.

Le trajet est mou et sinistre comme un dimanche soir. Maël et Victor aimeraient sillonner l'Arkansas ou l'Arizona, parcourir des centaines de kilomètres sous un ciel bleu azur, atteindre le *diner* dont ils ont entendu parler – décor de western, viandes fumées, pains fraîchement sortis du four. Mais ils roulent sur une deux fois deux voies, en direction d'un centre-ville ni accueillant, ni innovant, ni fleuri. Tout ce qui ne nous tue pas nous rend plus fort, soit, alors comment ça se passe avec ce qui nous tue ? rumine Victor en essayant d'ôter du bout de l'ongle les restes d'un autocollant de la Croix-Rouge, à droite du levier de vitesse.

Infiniment grises, doucement pluvieuses, certaines fins de matinée ne savent même pas crier.

12

Le mercredi suivant, Victor est placé en garde à vue. Le rugbyman avec qui il s'est battu l'accuse d'avoir déclenché la bagarre en lançant un verre qui lui a ouvert l'arcade sourcilière gauche ; ensuite, il n'aurait fait que se défendre. Victor donne sa version des faits à deux policiers peu aimables. Puis il est relâché ; d'autres témoins vont être entendus, lui expliquent les policiers, et les investigations vont se poursuivre.

– Alors, garçon, lance Maël, tu ne dors pas en prison ?

Il feuilletait distraitement une revue économique en l'attendant sur le parking du commissariat.

– Nope, répond Victor en bouclant sa ceinture de sécurité.

En passe d'être licencié pour faute grave par la Team Eleven, Victor n'a plus de structure d'entraînement. Forgeron construit des champions, il ne répare certainement pas des âmes cabossées ; hors de question de laisser une seconde chance à un voyou qui règle ses comptes à la sortie d'une boîte de nuit.

– J'ai un mois pour trouver un nouvel appartement.

– Viens habiter à la maison, lance Maël. Tu t'entraîneras sur mon balcon, tu te ressourceras, tu… On peut faire du sport sans structure, non ? Il faut juste des sponsors, des… On peut peut-être contacter Absolut, par exemple ? Victor Valétudié, le premier athlète parrainé par une marque de vodka…

Victor fronce le nez, c'est gentil mais non, il a besoin d'être seul.

13

Debout devant la fenêtre d'un salon qu'il va quitter, les yeux fermés, Victor – vingt et un ans dans onze jours – ne sait pas quoi faire de ses mains. Et de sa vie. Il est torse nu, porte un short couleur goudron. Sous son œil droit, une cicatrice, stigmate de la bagarre.

Il ouvre la fenêtre. Se dit qu'il pourrait passer une jambe, puis l'autre. Pense aux quatre étages qui le séparent du sol. Lui qui a l'habitude de sauter à l'horizontale se demande ce que ça fait, une chute d'une douzaine de mètres et quelques secondes, ce que l'on ressent, comment ça vibre à l'intérieur. À quoi l'on pense, ce que l'on éprouve avant que son corps se disloque, que le crâne explose, que le cerveau se répande sur la chaussée. Quelles images défilent en premier, et en dernier aussi.

Brisé par un *terror-training* qui lui a donné envie de vomir sa passion, tourneboulé par une rupture qui a plié son cœur en quatre, il voudrait bien se jeter dans le vide – mais se dit que, s'il sautait, il trouverait encore le moyen de se rater. Et de finir sa carrière d'être humain dans un lit médicalisé.

Victor monte à présent sur une chaise. Il prend de la hauteur, se rapproche du vide. Il imagine ses articulations qui cèdent, ses os qui se déboîtent. Dans sa tête, il réussit merveilleusement son suicide par précipitation – mode opératoire plus répandu dans certains pays que dans d'autres : au Japon, la projection dans le vide est la méthode la plus utilisée pour se suicider après la pendaison, alors qu'aux États-Unis, par exemple, les méthodes les plus répandues sont l'utilisation d'une arme à feu, la pendaison et l'overdose.

Et puis son téléphone portable se met à sonner.

Il aimerait tellement que ce soit sa mère. Ce n'est pas elle, évidemment. Où est-elle ? Dans un vieux mobil-home, une chambre d'hôtel crasseuse, à côté d'un type qui croise les bras derrière la nuque, sent la clope et l'after-shave de supermarché, et qui se croit divin parce qu'il a réussi à vendre trois appartements en une semaine puis à lever cette drôle de femme dans une discothèque où l'on Voyage, voyage et où on Crie des SOS sous les Sunlights des tropiques, cette femme qu'il trouvait diablement séduisante mais qui lui apparaît soudain vieille et bouffie, ce matin, il va falloir qu'il la congédie proprement, ou pas, d'ailleurs, conclure cette histoire qui n'en est pas une n'est pas si important, et la mère de Victor ne se doute de rien, elle respire par la bouche, rêve d'un lac gelé, y patine gaiement, elle ne voit pas que son monde tourne de traviole, des hommes de sa vie presque toutes les semaines, un boulot minable de serveuse dans un restaurant italien qui propose aussi des sushis et des burgers du chef, une liberté gagnée, mais pour en faire quoi, au juste, une étoile morte au beau milieu de la nuit polaire et des rêveries de patineuse à côté d'un agent immobilier ventripotent, tandis que son fils unique, à 300 kilomètres de son oreiller sans aucune mémoire de forme, a envie de se jeter dans le vide…

Victor décroche au bout de six sonneries.

– Bonjour monsieur, êtes-vous satisfait de votre fournisseur d'énergie ?

SUSPENSION

1

Des jours des semaines des mois glissent sentir la pression sur ses épaules sa tête dans un étau ou un seau d'eau de Javel fatigue physique et mentale pas d'énergie pas d'envie réveils nocturnes insomnie épuisement total cauchemars récurrents il est dans une poissonnerie il choisit un énorme poulpe le vendeur ne parvient pas à le mettre dans un sac Victor décide de le mettre sur son épaule le poulpe le serre il l'étouffe migraines douleurs au cou aux jambes perte d'appétit crampes répétées perte de cheveux troubles visuels hypersensibilité irritabilité ce jour où un automobiliste manque lui rouler dessus à un passage piéton l'automobiliste s'excuse Victor s'énerve il en vient presque aux mains avec l'autre une troisième personne s'interpose colère puis tristesse infinie perte d'identité crise d'angoisse larmes zona abattement perte d'estime de soi perte d'idéaux douleurs inexpliquées à la poitrine Victor appelle le 15 il hyperventile le médecin du SAMU lui dit de respirer lentement respirez lentement agressivité envers les infirmiers calmez-vous monsieur s'il vous plaît agitation violence puis ce picotement dans le bras diminution de la pression dans son crâne impression d'être complètement vidé lessivé un corps impossible à remplir docteur docteur et des pensées suicidaires docteur docteur énormément de pensées suicidaires il coule il

2

– Et ensuite ? demande-t-il au docteur Pedroso, médecin au teint cuivré, à la voix douce, aux lunettes sans monture, branches fixées sur des verres épais, ancien interne des Hôpitaux de Paris qu'on imagine en train de bronzer sans crème sur la plage de la Grande Saline ou dans l'archipel de Zanzibar.

Le docteur Pedroso hausse les épaules. On lui aurait demandé son opinion sur le conflit israélo-palestinien, il n'aurait pas réagi autrement.

– Je peux sortir, ou je dois rester ? continue Victor.

– D'abord, dit Pedroso, vous allez me raconter un peu ce qui s'est passé chez vous.

– Chez moi ?

– Il y avait une chaise près de la fenêtre ouverte quand on vous a retrouvé. Vous avez envie d'en parler ?

– Je ne sais pas, je…

Soudain, tout lâche. Sanglots, mots saccadés, sanglots. En face, le docteur Pedroso écoute, hoche la tête, prend quelques notes, souligne tension, angoisse, plus faim, entraînement et torture, je n'en peux plus, laisse le flot de larmes et de mots se tarir.

Victor se sent comme un enfant face au docteur qui le juge, qui le jauge tandis qu'il déballe ses angoisses, qui va certainement inscrire une mauvaise note sur son carnet. Il se sent aussi vulnérable qu'une tortue sur le dos. Mais non, ni verdict couperet ni zéro pointé, Pedroso lui prend la tension, lui demande s'il a maigri ces derniers temps, inspecte le fond de sa gorge.

– Bon, conclut le médecin, on va vous garder encore un peu.

3

Derrière la fenêtre, le ciel commence à virer au gris lorsque Victor se réveille. Sa bouche est pâteuse. Il fait plus froid que jamais dans la pièce.

– Ton père est à l'accueil, dit Maël. Il essaie de se faire rembourser les Skittles périmés que le distributeur lui a refourgués.

Victor esquisse un sourire.

– Une infirmière est passée aussi, continue son ami. Très sexy, brune, avec des… Non, une vieille pas aimable, en fait.

– Évelyne.

– Elle ne s'est pas présentée. Elle m'a juste demandé de baisser le son de la télé.

Silence. Les deux paires d'yeux se dirigent vers l'écran du téléviseur, car ils n'ont finalement rien de mieux à faire. Documentaire animalier. Une vétérinaire soigne une chouette dont l'aile est cassée, puis c'est au tour d'un bichon frisé qui a les oreilles infectées. Le père de Victor fait son apparition alors qu'un cheval subit une délicate opération de l'œil.

– Qu'est-ce que vous regardez ?

Ses yeux pâles rejoignent ceux de Maël et de Victor. Et, tandis que le père gobe ses bonbons gélifiés de toutes les couleurs et de tous les parfums, fraise, citron, pomme, raisin, framboise, tandis que le fils se ronge les ongles, tandis que le meilleur ami joue avec ses clés de voiture, un cochon d'Inde enrhumé, un yorkshire obèse et un faucon pèlerin à l'aile déboîtée se succèdent dans le cabinet des vétérinaires de l'émission.

4

L'imprimante du docteur Pedroso expulse plusieurs pages. Le médecin les commente en les tendant une à une à Victor. L'arrêt de travail, pour commencer – même s'il ne travaille pas, cela pourrait être utile. Puis une liste de médicaments, pour dormir, pour se détendre, pour tenir, du sécable, du soluble, de l'écrasable, des quantités de molécules, de tueuses de gorge nouée, de palpitations, d'insomnies et de pensées négatives. Victor aimerait dire qu'il ne veut pas de ces comprimés ni de ces gélules, de toute cette chimie qui va anesthésier ses muscles et ralentir son cerveau ; il n'en a pas la force.

Dernière page crachée par l'imprimante : une ordonnance pour un bilan sanguin complet.

– Pas d'urgence, hein, précise Pedroso. On vous a déjà bien testé ici. C'est à faire dans les deux mois, histoire de contrôler les effets de votre traitement.

– Et sinon ? jette alors Victor.

Il espère un conseil ultime, un *carpe diem* en mieux. Pedroso se contente d'un :

– Marchez, respirez, mangez sainement, et ne restez surtout pas isolé.

– D'accord, je vais essayer.

Il remercie, récupère les ordonnances. Pas d'adieux déchirants entre le médecin et le patient : une simple poignée de main virile. Ensuite, c'est l'attente à l'accueil, facture, signature, carte bancaire et carte Vitale. Enfin, c'est le double sas de sortie de l'hôpital. Victor ne sait pas s'il doit tirer ou pousser, se trompe, ah, voilà, il est dans la rue, étourdi par le bruit de la circulation, étourdi par la vie qui se jette à son visage.

5

S’ouvrent des jours vides, des jours blancs, des jours de ciment, sans entraînement, des nuits de mauvais sommeil, des heures de téléviseur, des midis de plats tout faits à peine entamés. Son meilleur ami l’appelle souvent. Son père l’appelle tous les jours. Chacun, à sa manière, tente de convaincre Victor que c’est juste une mauvaise passe, un accident de parcours. Maël propose également des restos ou des cinés, mais Victor n’a pas le courage de mettre le nez dehors, il a à peine la force de se rendre chez son pharmacien et chez son dealer de surgelés.

Parfois Maël assène des conseils. Tu portes le même pull de semaine en semaine, tu devrais te changer, et puis te raser, tu devrais te doucher, tu devrais courir ou te créer un profil sur Tinder ou Bumble. Change tes draps, mange un peu, aère ta chambre. Il assène des conseils, puis se lasse, se contente d’acheter des kiwis ou des bananes qu’il dépose sur la table de la cuisine, et d’ouvrir la fenêtre en partant. Les heures passées chez

Victor lui font l'effet d'un parloir, oui, il a l'impression de visiter un détenu – la seule différence, c'est que son ami est un reclus volontaire.

Quand il constate que les bananes ont noirci et que les kiwis ont moisi, il les jette en poussant un long soupir. Bien sûr que ça l'énerve, ce gâchis, ces fruits que Victor a à peine regardés, ce manque de réaction. Mais il y a plus grave. Il sent Victor de plus en plus difficile d'accès, les yeux défaits, malgré les comprimés. Il voudrait le secouer, le menacer de ne plus jamais revenir s'il ne change pas ses draps, n'aère pas sa chambre, ne mange pas cinq fruits et légumes par jour, ne se reprend pas en main. Mais cela servirait à quoi ? Alors il jette les bananes, alors il met les kiwis à la poubelle. Tant pis pour les vitamines.

6

Six mois plus tard. Six mois aussi passionnants que le premier tour d'une compétition de Scrabble, aussi joyeux que la salle d'attente d'un naturopathe, aussi fascinants que le rapport d'un commissaire aux comptes. Six mois plus tard, un directeur des ressources humaines demande à Calypso, qui porte un chemisier crème, un pantalon en coton taille haute et des Blundstone, où elle se voit dans cinq ans.

Léger sourire, puis réponse argumentée, détaillée, structurée de la jeune femme. Elle s'apprête, on l'a compris, à recevoir une proposition d'embauche de la part du quadragénaire dégarni qui la questionne, et dont le rire ressemble à un grincement de porte. Elle va devenir chargée de recrutement au sein d'un grand groupe pharmaceutique. Le jour de la signature de son contrat, elle boira une bouteille de champagne avec Rachel, son amie américaine. En trinquant à leur bonheur et à leur réussite – Rachel vient de décrocher un job de *talent developer* au sein d'un réseau de cabinets d'experts-comptables –, Calypso ne pourra pas s'empêcher de penser à Victor.

Six mois plus tard, la veille de ses vingt-deux ans, Victor sort de chez le docteur Pedroso avec une nouvelle ordonnance.

– On va tenter autre chose, a lancé le médecin.

Il lui a prescrit cette fois un médicament mis à disposition sous forme de comprimé sécable, à base d'alprazolam. Mis en vente le 15 juin 1982, sa liste d'excipients est un poème. Lactose monohydraté. Cellulose microcristalline. Silice colloïdale. Amidon de maïs. Magnésium stéarate. Indigotine. Érythrosine. Sodium docusate, mais aussi sodium benzoate. Pedroso a opté pour cette molécule à cause de ce que les médecins appellent, avec autant de politesse que de fermeté, le genre de fermeté qui fait plisser les yeux et pencher légèrement la tête, une « manifestation anxieuse sévère et (ou) invalidante ».

– Et sinon… Cela ne vous ferait pas de mal de voir quelqu'un, je pense.

Victor a compris mais n'a pas bronché, alors Pedroso a continué.

– Pour parler un peu de vous. Des sacs que vous trimballez, à l'intérieur.

Il connaît quelqu'un de bien, il a griffonné son nom sur un Post-it. Victor a ramassé le petit carré jaune, l'a plié en deux, en quatre, l'a fourré dans la poche de son jogging.

Le lendemain il traîne au lit jusqu'à rater le début de sa nouvelle émission préférée, un télé-achat qui vend des cuiseurs à riz avec bol en céramique, des tapis de marche motorisés et des sets de trois valises ultrarésistantes disponibles en deux couleurs – marronnasse ou bleu piscine municipale. Il finit par migrer jusqu'au téléviseur, s'assoit devant en tailleur. Il porte un pull noir et un pantalon de jogging orange. Il a attrapé la manie de son père – il gobe les Skittles par poignées – et pris 4 kilos. Le café qui refroidit dans son mug a un arrière-goût de renoncement.

Victor aimerait allumer un vrai feu dans la cheminée qui manque cruellement aux 15 mètres carrés qu'il a réussi à louer après avoir quitté le logement payé par la Team Eleven.

Il voudrait tout reprendre avec Calypso, la rencontrer à nouveau, la séduire à nouveau, ne pas tout gâcher en trois mots. Il aimerait marcher, juste marcher, prendre dans son dos les gifles douces et froides du vent. Seul le dernier objectif paraît atteignable.

Les bras de Victor se cachent sous son pull au moment précis où, à l'écran, une grande blonde d'une cinquante d'années, grain de beauté juste au-dessus de la lèvre, déclare, comme si elle annonçait que la fin du monde était repoussée de trois siècles, oui, avec un enthousiasme démesuré, que le Minute Cooker passe à quarante-neuf euros et quatre-vingt-dix-neuf centimes, et que les frais de port sont offerts.

Le triple saut a mis des décennies à obtenir ses lettres de noblesse au sein des grands concours athlétiques. Il a longtemps traîné une mauvaise réputation, celle d'une spécialité où des sauteurs en longueur de moyenne valeur cherchaient un refuge, jusqu'à ce que le Britannique Jonathan Edwards illumine un stade entier, un stade grand comme le monde, le 18 juillet 1995.

Le règlement de la discipline n'en est pas moins resté assez obscur dans l'esprit du grand public. On sait, bien entendu, qu'il ne s'agit pas de trois enjambées successives, mais on ignore souvent comment les sauts doivent être effectués.

Ce n'est pas le règlement qui compte.

Pour aimer ce sport, il faut apprécier la vie dans toute sa complexité, la vie qui est tout à la fois plume d'oiseau et instrument de torture, édredon et bombe à fragmentation, cœur gravé sur un tronc de hêtre et feu de forêt criminel, robe blanche à pois roses et Hakenkreuz, abécédaire poétique et discours négationniste, confiture de fraise sur la joue et sang séché sur la tempe, liste de Noël écrite au feutre rose et page Wikipédia recensant les personnes mortes d'un cancer du pancréas, lumière ambrée, ténèbres bancales, dunes blanches et foyers d'accueil médicalisés, oui, il faut la prendre avec soi, toute cette complexité, toute cette pagaille, ce yang, ce yin, toute cette beauté inexplicable. Et puis compter jusqu'à trois.

Premier saut.

Deuxième saut.

Troisième saut.

Suspension.

Et puis

7

Inquiet de ne pas avoir de nouvelles depuis une semaine, inquiet des SMS et des messages vocaux restés sans réponse, Maël sonne chez son ami un samedi matin, un peu avant 10 heures. Victor l'accueille en caleçon et en gants de latex.

– Tu tombes bien, lui dit-il en se frottant la barbe avec son poignet, je suis en train de faire un peu de ménage.

Maël regarde autour de lui en se grattant la tête.

– Il ne manquerait pas un truc ?

– Si. La table basse.

– Tu l'as vendue ?

– Et j'ai bien fait.

L'acheteur, un quinquagénaire jovial, explique Victor, est un adepte des circuits courts.

– Les circuits quoi ?

– Sans intermédiaire entre le producteur et le consommateur. Il a pris la table sans négocier le prix ; elle finira sa vie à la campagne, dans sa résidence secondaire.

– C’est tout ?

– Ben non. J’ai peut-être trouvé un boulot.

L’acheteur lui a parlé de sa femme, qui aurait dû l’accompagner, mais qui est débordée. Elle travaille dans une université. Elle a du mal à recruter des jeunes gens motivés. Alors Victor a osé : il cherche justement du travail, et il est précisément aussi jeune que motivé.

– Voilà, conclut Victor en tordant une éponge grise au-dessus de l’évier, je vais passer un entretien d’embauche à l’université de Lille.

Deux bonnes heures plus tard, ils se retrouvent assis dans un bar sombre, en face de chez Victor, sous des abat-jour cylindriques pendant au bout de tiges de cuivre.

– T’as faim ?

Victor hausse les épaules.

– On se prend des frites ?

– Avec joie. Le ménage, ça creuse.

– OK. Je passe aux toilettes et je nous commande ça… Café ? Thé ?

– Bière !

Le regard perdu dans le clair-obscur que dispensent les abat-jour, Victor se dit qu’il aurait pu disparaître. Un peu comme sa mère. Du jour au lendemain. Sans laisser de traces. On aurait échafaudé toute une série d’hypothèses, incluant l’accident, le suicide, la mauvaise rencontre, ou même la retraite dans un monastère cistercien. Devait-il d’importantes sommes d’argent à des voyous de la pègre ? Souhaitait-il masquer un état de santé préoccupant ? Son père aurait été interrogé, Maël aurait été interrogé,

Forgeron aurait été interrogé… Personne n'aurait eu la moindre piste. Pendant ce temps-là, il aurait fait le tour du monde, long voyage en stop à travers la route de la soie, *road trip* dans les Dolomites, foot avec les enfants d'un orphelinat sur la plage de Nouakchott…

Au lieu de cela, il s'apprête à manger des frites molles dans un bar branché. Est-ce grave ? Pas vraiment, pense Victor.

Évidemment, le triple saut lui manque. Les stades. Les entraînements. L'adrénaline. Les accolades. L'ambiance. La compétition – essayer de faire mieux que les autres mais surtout essayer de faire mieux que soi-même. Évidemment, il rêve encore de franchir, un jour ou l'autre, les 18 mètres. Mais depuis quelques semaines, et six séances chez un psychologue chauve dont l'horloge vert fluo retarde d'une heure – ce qui l'agace vraiment, mais c'est peut-être fait exprès –, il ne se dit plus que c'est impossible. Il pourrait même rappeler Cousu, qui lui a laissé plusieurs messages ce mois-ci. La vie, songe-t-il, est peut-être en train de passer son bras autour de ses épaules.

– Y avait plus de frites, lâche Maël en se rasseyant. Du coup, j'ai pris des haricots verts…

– Tant mieux. Faut que je retrouve la ligne.

C'est incertain, c'est encore flou, mais cela ressemble à un début de reconquête.

Réception

Le samedi, et parfois le dimanche, on peut croiser, au stade, un garçon intrigant. Grand et mince, austère et élégant. Cheveux mi-longs. Léger strabisme.

D'aucuns prétendent qu'il est du coin. On l'aurait aperçu au lycée Victor-Hugo ; il donnerait parfois un coup de main aux professeurs de la section sport-études, déplacerait les haies, porterait les ballons, et, de temps à autre, prodiguerait quelques conseils aux élèves. On croit aussi avoir vu son visage sur France 2, dans un reportage consacré à un manager sportif condamné à plusieurs mois de prison avec sursis pour harcèlement moral. Parmi celles et ceux qui ont des idées sur tout, certains pensent que son parcours a été brisé net et que l'heure n'est plus aux belles folies, bref, que cette graine de champion ne poussera jamais ; mais ce n'est peut-être pas si grave, il n'était tout simplement pas fait pour ça. D'autres estiment que rien n'est perdu, au contraire, et qu'il peut encore nourrir de belles espérances, d'autant qu'il semble encore affûté, il suffirait de se faire repérer par un nouveau coach, de trouver un encadrement qui lui correspond, le chemin de la victoire pourrait être retrouvé rapidement, même après un parcours chaotique, même tard – Linford Christie n'a-t-il pas été champion olympique à trente-deux ans ?

Si l'on prenait le temps d'aller lui parler, il raconterait certainement sa jeune vie, du moins quelques épisodes intenses, douloureux pour certains, lumineux pour d'autres, une existence d'authentique graine de champion avec ses bas très bas et ses hauts très hauts. C'est plus calme, désormais, confierait-il peut-être. Il n'est pas devenu plus sage, ni meilleur, ni plus fort. Disons juste plus serein. Et puis il vous dirait qu'il doit y retourner, sur le ton d'un garde qui doit reprendre son service.

Il trottine, à présent, s'étire, puis s'approche de son sac, prend une serviette, s'éponge le visage, sort une gourde, boit une longue gorgée de ce qui pourrait être une boisson énergétique qui améliore la capacité musculaire et l'endurance pendant l'effort. Il replie sa serviette avec soin, la range dans le sac, y glisse, toujours avec soin, la gourde et ses lunettes noires. Puis il se plie en deux, littéralement – cette souplesse, cette facilité, ce regard : pas un amateur, c'est certain.

Lentement, il se met en mouvement. Il est totalement relâché. La tête est vide. Le cœur arrière est serein. Il court comme s'il n'avait pas d'esprit, il court comme s'il n'avait pas de corps.

Premier saut.

Deuxième saut.

Troisième saut.

Suspension.

Et puis réception.

Un record vient peut-être d'être battu. Mais personne ne le validera. Personne n'affichera la longueur du saut en chiffres d'or sur un écran immense, avec la mention « WR » pour *World Record*. Hors compétition, sur le sautoir non homologué d'un stade qu'aucun membre de la FIA ne connaît, les records ne peuvent pas être enregistrés. Mais ce n'est pas très important.

Ce qui compte, c'est ce que nous disent les yeux du jeune homme, lorsqu'il se relève, et quitte lentement la fosse de saut.

Du même auteur

Rester sage, Alma Éditeur, 2012
Les Fuyants, Alma Éditeur, 2013
Une plage au pôle Nord, Alma Éditeur, 2015
Les Vérités provisoires, Alma Éditeur, 2017
Tant bien que mal, Alma Éditeur, 2018
Laisser des traces, Anne Carrière, 2019
On fait parfois des vagues, Anne Carrière, 2020
Gustave en avril (jeunesse), Actes Sud Junior, 2022

Les Avrils, une collection imaginée par
Sandrine Thévenet et Lola Nicolle.

Enthousiasmes littéraires

Conception graphique : Atelier 25.
Composition : Nord Compo.
Correction : Agnès Aubry.

Déjà parus aux Avrils

Raphaël Alix, *Le Premier Homme du monde*
Isabelle Boissard, *La fille que ma mère imaginait*
Lucile Bordes, *Que faire de la beauté ?*
Jeanne Broucq, *Zéro virgule neuf pour cent*
Didier Castino, *Quand la ville tombe*
Guillaume Collet, *Les Yeux de travers*
Martine Delvaux, *Le monde est à toi*
Martine Delvaux, *Pompières et pyromanes*
Martin Dumont, *Tant qu'il reste des îles*
Bertrand Guillot, *L'Abolition des privilèges*
Driss C. Jaydane, *Moïse de Casa*
Dimitri Kantcheloff, *Supernova*
Bill Kouélany, *Kipiala ou la rage d'être soi*
Alexandra Matine, *Les Grandes Occasions*
Dan Nisand, *Les Garçons de la cité-jardin*
Lili Nyssen, *L'Effet Titanic*
Suzanne Privat, *La Famille, itinéraires d'un secret*

Achevé d'imprimer par Corlet,
à Condé-en-Normandie.
ISBN : 978-2-38311-008-8
N° d'impression : 22030248
Dépôt légal : août 2022